ALICE'S ADVENTURES IN WONDERLAND

不思議の国のアリス

不思議の国のアリス●目次

献詩——アリス・リデルへ　ルイス・キャロルより

ときまさに　黄金の　昼さがり*
　水の面ゆく　舟足は　のたりのたりと
オール持つ　頼りなげな
　四本の　小さな手
加うるに　水先を　案内する
　手が二本　これも幼く

ああ　むごい　三人組！
　うとうとと　ひそやかに　陽をあびて
まどろんで　いたいのに
　お話を　せよとの仰せ
無理難題　ごめんこうむる
　だがしかし　いかんせん　多勢に無勢

*　キャロルがリデル家の三姉妹をオクスフォード郊外へ川遊びに連れ出したのは1862年7月4日。この日はロンドン気象台の記録によると「曇り」だったはず。が，キャロルやアリスの後年の思い出のなかではいつも「快晴」。

驕慢な　一の姫＊　傲然と
「始めて！」　とのたまえば
二の姫は　やわらかに
「お願いよ　ナンセンスを　いっぱいね！」
三の姫　おとなしく　聞くふりして
　たえまなく　お話の　腰を折る

たちまちに　三人は　口つぐみ
　お話に　魅せられて
夢の子と★　ともにさまよう
　不可思議な　地下の国
トリ　ケモノ　みんなともだち
　これはみな　ほんとのお話

お話の　種は尽きはて

＊　「一の姫」は長女ロリーナ（13歳），「二の姫」はアリス（10歳），「三の姫」はイーディス（８歳）。この即興のお話から，３年後（1865年）に出版される『不思議の国のアリス』が生まれた。このときキャロル30歳。

★　次ページ。

話し手の　声はかれはて
くたびれて　もはやこれまで
「あとはこの次」
だがしかし　楽しげな　声をそろえて
「いまがその　この次ですもの！」

このように　ぜひもなく
ゆっくりと　つぎつぎと　紡(つむ)がれて
珍妙(ちんみょう)な　不思議の国の
ちぐはぐな　話も終り
にぎやかな　舟(ふね)はふたたび　家路(いえじ)をたどる
日はすでに　入りかかる　西の空

ああ　アリス！　いまきみに
献(ささ)げよう　たわむれの　この物語
幼年(ようねん)の　夢(ゆめ)が織(お)りなす

５ページ★　アリス・リデルをモデルにした作中のアリス。アリスとキャロルをめぐる現実と虚構を描いたイギリス映画の佳篇は「ドリームチャイルド」（ギャビン・ミラー監督，1985年）と題されている。

思い出の　神秘（しんぴ）の模様（もよう）
はるかなる　国を旅せる　巡礼（じゅんれい）の
しおれたる　花の冠（かんむり）*

*　中世の巡礼者は聖地で摘んだ花の冠をつけて帰ってくるならわしだった。巡礼者としてのキャロル。しおれてはいるが「聖地」に遊んだしるしとしての花冠＝物語。

第一章

DOWN THE RABBIT-HOLE

ウサギ穴（あな）にドスン

　アリスは、お姉さんと並んで土手にすわっていましたが、なにもすることがないので、たいくつしてきました。お姉さんの読んでいる本をちらっとのぞいてみたのですが、その本にはさし絵もないし、会話のやりとりもありません。アリスは思いました。「絵がなくて、おまけに会話もない本なんて、いったいなんの役に立つっていうの？」

　そうね、ヒナギクの花で花ぐさりを作るのは楽しいだろうな、でもはたしてわざわざ立ちあがって花をつみにいくほどのことがあるかしら――などとアリスはひとりで考えていました。できるだけいっしょうけんめいに考えようとはしているのですが、なにしろ暑い日なので、どうも頭がもうろうとして眠くなってしまうのでした。

　と、そのときです。突然ピンクの目をしたシロウサギがすぐそばを走っていきました。

　まあ、それはとくに珍しいことではありませんね。それからウサギ*が「くわばら、くわばら、おくれてしまう！」といっているのが聞えたときも、アリスはそんなにおかしいとは思いませんでした（あとになってふりかえると、へんだと思わなかったのが不思議なのですが、そのときはまったくしぜんな

＊　rabbit（穴ウサギ・飼いウサギ）は hare（野ウサギ）よりも小さく，臆病なことで知られる。地中に穴を掘って群居する。

ことに思えたのです)。次に、ウサギは上着のポケットから時計をとりだして見つめました。これを見たとき、はじめてアリスはびっくりしてとびあがりました。

なぜかというと、アリスはそのとき、ポケットつきの上着を着たウサギなんていままでに見たこともないし、ましてそのポケットから時計が出てくるところなんて生まれてはじめてだということに、はたと気がついたのです。*

＊ 驚きかたの時差のおかしさにアリスは気づいていない。

ですから、アリスが好奇心でいっぱいになって、ウサギのあとを追って野原をかけていったのもむりはありません。ウサギはちょうど生け垣の下にある大きなウサギ穴にとびこむところでした。もう少しおくれたら、姿を見うしなったことでしょう。

あっというまもなく、アリスもとびこんでいました。どうやってまた外へ出るか、そんなことはまったく考えもしませんでした。

ウサギ穴はしばらくのあいだトンネルのように横にまっすぐつづいたあと、急に逆落しになっていました。あまり突然だったのでふみとどまるひまもありません。アリスはとても深い井戸のようなところを落ちていきました。

井戸がとても深いのか、それともアリスの落ちかたがとてもゆっくりなのか、いずれにせよ、アリスは落ちていきながら、のんびりとあたりを見まわしたり、次になにが起こるのかしらと考えたりしていました。*

まず下のほうを見て、落ちていくさきを見さだめようとしましたが、暗すぎてなにも見えません。そこで、こんどはまわりを見ました。食器棚や本棚がびっしりと壁を埋めています。あちこちに地図や絵がかけてあります。アリスはとおりすがりにひょいと棚からびんをひとつとってみました。

＊　スローモーション・フィルムのような地下の国への導入部。

「オレンジ・マーマレード」と書いた紙がはってありましたが、残念なことに中身はからっぽでした。* アリスはびんを投げすてようとして、思いなおしました。もしかして下にいるだれかにぶつかって人殺し★になるといけませんからね。そこでアリスは、落ちていきながら、目の前をすぎていく食器棚にうまいことびんを押しこみました。

「ほんとうよ！」アリスは考えました。「こんなにすごーく落っこちれば、これからはもう階段から落ちるのなんか、へいちゃらよね！　うちの人はみんなわたしのことをなんて勇敢なんだろうと思うわ！　たとえ屋根のてっぺんから落ちたって、わたしきっとなにもいわないわ！」（たしかになにもいえないでしょうね）。

下へ、下へ、下へ。この墜落、いつになったら終るのでしょうか？「今までに何キロぐらい落ちたかしら？」アリスは声に出していいました。「地球の中心に近づいてるにちがいないわ。ということは、ええと、六〇〇〇キロくらいだったかしら――」（なにしろ、アリスはこういったことをいくつも学校の授業で習っているのです。いまはだれも聞き手がいないので、物知りぶりを示すにはあまりよい機会とはいえませんが、それでもここでおさら

*　レッテルと中身，言葉と実体，記号表現と記号内容は，この物語でさまざまに切りはなされる。

★　次の「屋根から落ちてなにもいえない」とともに，作中にくりかえされる「死」「殺し」のモチーフの最初の現れ。

いするのは悪くありませんね)。「——まあ、だいたいそのへんのところだと思うわ——でもそれじゃ、経度や緯度でいうとどのへんまできたことになるのかしら?」(経度とか緯度とかがどういうものか、アリスはまるで知りませんでした。でもなんとなくりっぱそうなことばだなあと思ったのです)。

アリスはひとりごとのつづきをしました。「もしかしたら、地球をつきぬけて落ちていくんじゃないかしら! 頭を下にして歩いている人たちの中にひょっこり出たりしたら、さぞおかしいでしょうね! 反対人っていったと思うけど——」(こんどはだれも聞いていなくてアリスはほっとしました。少しちがっているような気がしたからです。ほんとうは、反対人ではなくて対蹠人*というのです)。

「——とにかく、その人たちに、なんという国か聞かなければいけないと思うわ。あのう、奥さま、ここはニュージーランドでしょうか、それともオーストラリアでしょうか?」(そういいながらアリスはひざをまげておじぎをしようとしました——いいですか、空中を落ちながらひざをまげておじぎをするんですよ。そんなこと、あなただったらできるかな?)。「でも、そんなこと聞いたら、なんてなにも知らない娘だろうって思われちゃうわ! だ

＊　日本とアルゼンチンのように地球の反対側に住む人間。antipodes は「蹠(あしうら)が向いあわせ」の意。「反対人」(antipathies 感情的反発)という言いまちがいは，これから多くの「なじめない」人物に出会うはずのアリスの不安な予感のせいか。

め、だめ、聞くのはやーめたっと。きっとどこかに書いてあるにちがいないわよ」

　下へ、下へ、下へ。ほかになにもすることがないので、アリスはまたおしゃべりをはじめました。

「ダイナ*は、夜になったら、わたしがいなくてさびしがるでしょうね！」（ダイナはアリスの家のネコの名前です）。「お茶のときに、ダイナが使うミルクのお皿をだれかおぼえていてくれるといいんだけど。ねえ、ダイナ、おまえがここにいっしょにいてくれたらいいのに！　こんな空中ではネズミはいないかもしれないけど、コウモリならつかまるわ。あれは、ほら、ネズミにとても似ているでしょう。でも、ネコってコウモリをたべられるかしらねえ？」

　ここまでくると、アリスはなんだか眠くなってきたので、寝ぼけ声のひとりごとになりました。

「ネコはコウモリをたべるか？★　ネコはコウモリをたべるか？」そしてときどきは「コウモリはネコをたべるか？」ともいいました。正直なところ、アリスとしては、どちらの質問にも答えられなかったので、どちらがどちらを

＊　現実のリデル家のペットの名。アリスがとくにかわいがっていた。『鏡の国のアリス』第一章にも登場する。

★　次ページ。

たべるのでも、ちっともかまわなかったのです。

　アリスはうつらうつらし、夢の中でダイナと手をつないで歩きながら、

「ねえ、ダイナ、ほんとのことを教えてよ、コウモリをたべたことがある？」

と熱心にたずねていましたが、そのとき、ドスン！　ドスン！　アリスは枝や枯葉の山の上にしりもちをつきました。墜落はこれでおしまい。

　アリスはけがひとつせず、すぐにぴょんと立ちあがりました。上を見あげましたがまっくらです。前方には長い通路がのびていて、またしてもいそぎ足で行くシロウサギのうしろ姿が見えるではありませんか。ぐずぐずしているひまはありません。アリスは風のごとく走りだしました。

　シロウサギが角をまがりながら、「くわばら、くわばら、すっかりおくれちまった！」というのがちょうど聞えました。そのとき、アリスはすぐうしろにくっついていたはずなのに、まがってみると、もうウサギの姿は見えませんでした。

　そこは、上から一列に並んでさがっているランプに照らされた、細長い、天井の低い広間でした。アリスはひとりぼっちで立ちつくしました。

　広間のまわりにはずらりとドアがついていましたが、どれも鍵がかかって

15ページ★　Do cats eat bats?　綴り(cat-eat-bat) の遊びもあるが，音の類似と差異 (cats-bats) のゲームが意味逆転するおかしさ。ただし，それも拙い訳者にはネコにコバン，バツが悪いがごめんコウモリます。

います。アリスは広間の片側のドアをはしからはしまでずっとためし、次にもう一方の側もぜんぶためしました。部屋のまんなかにひきかえすときは、悲しい気分でした――いったいどうやったらまた外へ出られるかしら。

とつぜん、硬いガラスでできた三本足の小さいテーブルにぶつかりそうになりました。上には小さい金色の鍵*がひとつのっています。アリスがまず考えたのは、これは広間のドアのどれかひとつに合うにちがいない、ということでした。でも残念！　鍵穴が大きすぎるのか、鍵が小さすぎるのか、どのドアもあけることができません。

また広間を歩きまわっていると、まえには気がつかなかったカーテンがあり、そのうしろに四〇センチたらずの高さの小さいドアが見つかりました。金色の鍵をさしこんでみると、なんとうれしいことに、ぴったり！

ドアをあけると、ネズミの穴ほどのせまい廊下がつづいていました。アリスはひざをついて、のぞきこみました。廊下のむこうに、今まで見たこともないような、それはそれはきれいな庭★が見えました。ああ、この暗い広間を出て、色とりどりに咲きみだれるあの花園、すずしげなあの泉のあいだをそぞろ歩きできたら！　とアリスははげしくあこがれました。

*　キャロルの友人で童話作家のジョージ・マクドナルドに「金色の鍵」という物語詩がある。

★　「楽園」のモチーフ。不安な外部（ただし室内）から「囲われた庭」の幸せをのぞきみる。

でもそのドアからは、頭を出すことさえできません。「それに」とあわれなアリスは考えました。

「たとえ頭がとおったって、肩がとおらなかったら、*しようがないわよね。そう、望遠鏡みたいにこの体をちぢめることができたらいいんだけど！　でも、できないともかぎらないわ、きっかけさえわかればね」

　ほら、おわかりでしょう、このところふつうじゃないことがあまりにつづけざまに起こったので、アリスは、ほんとうに不可能なことなんてこの世にないのではないか、そんな気がしはじめていたのです。

　小さいドアのそばでだまって待っていてもなんにもならないので、アリスはテーブルのところへもどりました。別の鍵か、それがなければせめて、人間の体を望遠鏡みたいにちぢめる方法を書いた本かなにか、テーブルの上にのっていはしないかと、なかば期待していたのです。

　と、こんどは小さいびんが見つかりました（「さっきはここになかったわ、ぜったいよ」アリスはいいました）。びんの首には紙がはってあり、大きな字で「ワタシヲノメ」ときれいに印刷してありました。

「ワタシヲノメ」ですって！　けっこうですね。でも、かしこいアリスはす

＊　頭と胴体の分離のモチーフはこのあと頻出する。「死のジョーク」のヴァリエーションでもある。

ぐにとびついてのんだりしませんでした。「待って。まずよく見てたしかめなくては、〈毒薬〉とかなんとか書いていないかどうか」

というのは、アリスはこれまでに、やけどをしたり、野獣にたべられたり、そのほかいろいろとあまりうれしくない目にあった子どもたちの話をいくつか読んだことがあって、*そういう災難はいつも子どもたちが、年上の友だちから教わった簡単なきまりをきちんとおぼえていなかったために起こったものだったからです。たとえば、まっかに熱した火かき棒を長くにぎっているとやけどをするとか、ナイフで指を深く切ると血が出るのがふつうであるとか、そういったきまりです。〈毒薬〉と書いてあるびんの中身をたくさんのんだら、おそかれ早かれ必ず体によくないことが起こるだろうということを、アリスは忘れていませんでした。

ところが、このびんには〈毒薬〉と書いてはありませんでした。そこでアリスは思いきってちょっと口をつけてみると、チェリー・パイ、カスタード、パイナップル、七面鳥のロースト、コーヒー、それからバタつきパンをまぜたような味でした。アリスはじきにのみほしてしまいました。

「なんだか妙ちきりんな気分！」アリスはいいました。「折りたたみ望遠鏡

＊　ヴィクトリア朝の子どもが読まされていたエリザベス・ターナー著のベスト・セラー『いましめのためのお話』には，そういう話がたくさんのっている。

みたいにちぢんでいくんだわ、きっと」

たしかにそのとおりでした。いまやアリスはたった三〇センチほどの身長になっていたのです。これであの小さいドアをぬけて美しい庭に出ていくのに、ちょうどよい大きさになったと考えると、うれしくて顔が明るくなりました。しかし、まず、もっと小さくなるのかどうかようすをみるため、しばらく待っていました。

そうです、これはちょっと気になることでした。アリスは自分にむかって

いいました。「だって、ほら、ろうそくみたいに、しまいにはすっかりこの体が消えてしまうかもしれないでしょ。そうしたら、わたしはどうなっちゃうの？」それから、ろうそくが消えたあとの焔（ほのお）はどうなるのか、＊想像（そうぞう）してみようとしました。でも、そういうものを見たおぼえがないので、なかなかうまくいきません。

　しばらくたって、これ以上なにも変化はなさそうだとわかったので、アリスは庭へはいっていくことにきめました。ところが、かわいそうに！　ドアのところに行ってから金色の鍵（かぎ）を忘（わす）れたことに気がつき、ガラスのテーブルのところへもどってくると、こんどは鍵（かぎ）に手がとどかないのです。ガラスごしに鍵（かぎ）がはっきり見えているのに！

　なんとかしてテーブルの足をよじ登ろうとがんばりましたが、ツルツルすべるばかり。しまいに疲（つか）れはてて、あわれなアリスはすわりこんで泣（な）きだしました。

「さあ、そんなふうに泣（な）いていたって、なんにもならないわよ！」アリスは自分にむかって少しきつい口調でいい聞かせました。「いいこと？　忠告（ちゅうこく）よ、たったいま、泣きやみなさい！」

＊「ろうそくが消えたあとの焔」――誤訳・誤植にあらず。

アリスはふだんから自分にたいしてとても有益な忠告をするくせがありました（めったにそのとおりに実行はしないのですけれど）。ときには、あまりきつく自分をしかりすぎて、目に涙が浮かんでくることもありました。いつだったか、自分対自分でクロッケー*の試合をやっているときでしたが、ずるをしたので、自分で自分のほっぺたをぶとうとしたこともあります。このかわったお嬢さんは、一人二役をやるのがとても好きなのです。

「でも」とアリスは考えました。「いま、一人二役をしたって意味ないわ！　だいいち、これじゃ、まともな人間ひとりぶんの大きさにだって足りないんですもの！」

そうするうちに、テーブルの下にある小さいガラスの箱が目にはいりました。あけてみると、とても小さいケーキがはいっていて、ケーキにはほしブドウで、「ワタシヲタベヨ」ときれいに書かれています。

「いいわ、たべてみるわ。もしそれで背がのびれば鍵にとどくし、小さくなればドアの下をくぐりぬけられるもの。いずれにしても庭には出られるってわけでしょ。出られさえすれば、どちらのほうでもかまわないわ！」

アリスはケーキをちょっぴりかじりました。そして真剣に「どちらかし

＊　木槌で木の球を叩き，芝生に立てた小さい鉄の輪をくぐらせたり，相手の球を追いのけたりして，ゴールに入れる（第八章参照）。

ら？　どちらかしら？」といいながら、手を頭の上にのせていました。のびるのか、ちぢまるのか、手で感じようというつもりです。ところが、おどろいたことに、どっちにもなりません。たしかに、そういえば、ケーキをたべても、のびたりちぢんだりしないのがふつうですね。けれどもアリスは、いつのまにか、ふつうでないことしか起こらないものと思いこむようになっていたので、ありきたりのことしか起こらない人生なんてたいくつでばかばかしいという気がしてしまうのでした。

というわけでアリスは仕事にかかり、じきにケーキをたいらげてしまいました。

第二章

THE POOL OF TEARS

涙(なみだ)の池

「ますます、妙だわ、ちきりんよ！」*とアリスは叫びました。あまりびっくりしたので、さすがのアリスも正しいことばづかいを一瞬忘れてしまったのです。「こんどはのびていく望遠鏡だわ。こんなに長くのびる望遠鏡、見たことないわ！　さようなら、わたしのあんよさん！」なぜって、足もとを見おろすと、自分の足がはるか下のほうにあって、ほとんど見えないくらいだったのです。

「ああ、かわいそうな小さなあんよ、これからはだれがあなたに靴や靴下をはかせてくれるっていうの？　わたしはもうだめよ！　こんなに遠くからじゃ、世話なんてできませんからね。自分でなんとかうまくやってちょうだいね。でも、やっぱり親切にしておいたほうがいいかしら。じゃないと、わたしの行きたい方角に歩いてくれないかもしれないもの！　そうだわ、クリスマスごとに新しい長靴をプレゼントすることにしようっと」

それにはどうすればいいか、とアリスは考えはじめました。「きっと宅配便に頼むのがいいわ。でも、ずいぶんへんに思われるんじゃないかしら、自分の足にプレゼントを贈るなんて！　それに宛て名だっておかしいわよ！

＊　原文は Curiouser and curiouser！　このような長い形容詞の比較級には—er をつけないで more を用いるのが正しい。ただしアリスのこの一句は英米人がよく引用するものの一つ。

だんろ町
じゅうたん荘
アリスの右足様

（アリスより愛をこめて）

まあ、わたしったら、なんてばかばかしいことしゃべってるの！*」

＊　次ページ。

ちょうどそのとき、アリスの頭が広間の天井にどしんとぶつかりました。じっさい、アリスの背はこのとき三メートルぐらいにのびていたのです。そこで、アリスはすばやく小さい金色の鍵をとりあげて、庭につうじるドアへといそぎました。

かわいそうなアリス！　だって、床にほおをつけて片目で庭のほうをのぞくのがせいいっぱい、ドアをとおりぬけるなんて、とてもむりでした。アリスはすわりこんで、また泣きだしました。

「恥ずかしくないの、アリス」とアリスはいいました。「そんなに大きくなっているのに」（まったくおっしゃるとおりですね）。「そんなふうにべそをかいたりして！　さあ、いますぐ泣きやみなさい、わかったわね！」それでもやっぱりアリスは泣きつづけて、何十リットルもの涙をながしたので、とうとうまわりに一〇センチあまりの深さの大きな水たまりができて、広間の半分ぐらいまでひろがりました。

しばらくすると、遠くから小さな足音がぱたぱたと聞えてきたので、アリスはいそいで涙をふきました。それはあのシロウサギがもどってくる足音でした。見ると、すてきな服を着て、片手に白い子山羊の皮の手袋、もう一方

27ページ＊　What nonsense I'm talking!
芝居の中で「まるでお芝居みたい」というのに似た，「ノンセンス」についての自己言及。

の手には大きな扇を持っています。そして小走りにいそぎながら、なにやらぶつぶつとつぶやいています。

「くわばら、くわばら！　公爵夫人をお待たせしたら、どんなにお怒りになるやら！」

アリスはとほうにくれていたので、だれの助けでも借りたいところでした。ですから、ウサギがそばへくるのを待って、低い声でおそるおそる話しかけました。

「あの、すみませんが――」するとウサギはびっくりぎょうてん、白い手袋と扇をとり落とし、暗闇の中へ、いちもくさんに逃げていってしまいました。

アリスは扇と手袋をひろいあげました。広間はひどく暑かったので、扇であおぎながら話しはじめました。

「ほんとうにきょうは妙なことばっかり！　きのうはいつもと同じ、まったくふつうだったのに。夜のうちにわたしがかわってしまったのかしら？　さてと。けさ起きたときは、いつもと同じわたしだったかしら？　そういえば、ちょっとちがうような気もしたけれど。でももし同じわたしじゃないとしたら、いったいこのわたしはだれでしょう、*　ということになるわ。まあ、たい

＊　きのうの自分ときょうの自分ははたして同じかという疑問は，すでにモンテーニュが提出している「大問題」である。

へん、これは大問題だわ！」

　アリスは、自分と同じ年ごろの友だちのことをひとりひとり思い浮(う)かべて、そのうちのだれかと自分がいれかわったのじゃないかと考えてみました。

「エイダじゃないことはたしかよね」アリスはいいました。「だってエイダの髪(かみ)はあんなに長いまき毛になってるけれど、わたしの毛はぜんぜんまき毛になんかならないんですもの。それから、メイベルでもないわ、ぜったいよ。だってわたしはいろんなことを知ってるのに、メイベルときたら、そうよ、ほとんどなんにも知らないんですもの！　それにあの子はあの子、わたしはわたしよ、そして――ああ、もうなんてややこしいんでしょう！」

「そう、いままで知ってたこと、ちゃんとおぼえてるかどうか、ためしてみるわ。ええと、四かける五は十二、四かける六は十三、四かける七は――あら、これじゃいつになっても二十にならないわ！*　まあ、かけ算はどうでもいいじゃない？　地理はどうかしら。ロンドンはパリの首都、パリはローマの首都、ローマは――ちがうわ、へんよ、ぜったいへんよ！　わたし、やっぱりメイベルといれかわってしまったんだわ！　じゃあ『ごらんかわいい蜜(みつ)蜂(ばち)が』★をやってみましょう」

＊　当時の掛け算表は「×９」でなく「×12」まであったので，アリスのいまのやりかたでは「４×12＝19」で終ることになる。
★　アリスが暗唱しようとしたのは18世紀の讃美歌作家アイザック・ワッツの教訓詩「怠(たい)惰(だ)といたずらの戒め」。

そしてアリスは宿題を暗唱するときのように手をひざの上に組みあわせ、くりかえしとなえはじめました。でも声はかすれてへんだし、ことばのぐあいもいつもとちがうみたいでした。

ごらんかわいい鰐さんが
尻尾をピカピカ磨いてる
ナイルの水をザブザブと
金のうろこにあびせてる！

ごらんニタリと楽しそう
きれいな爪をひろげてる
ニッコリ優しく顎あけて
ちいちゃな魚を迎えてる！＊

「こんな歌詞じゃなかったわ、ほんとよ」とアリスはいいました。そして話しつづけるうちに、かわいそうに、また涙が目にあふれてきました。

＊　鰐は餌を食べながら涙を流すという伝説から，「鰐の涙」crocodile tears は「空涙」の意。「ごらんかわいい蜜蜂が」と勤勉をすすめる教訓詩が弱肉強食のマンガに変っている。

「そうよ、わたし、ほんとにメイベルになっちゃったんだわ。あのみすぼらしい、ちっぽけなおうちに住んで、おもちゃなんかほとんどなくて、それと、ほら、あの宿題の山！　いいわ、わたし決心したわ、もしわたしがメイベルなのなら、このままここにいることにするわ。上のほうからこちらをのぞきこんで『さあ、あがっていらっしゃいな！』なんて、いくらやさしい声でいったってむだですからね。わたし、上を向いてこういいかえしてやるわ、『それじゃあ、わたしはだれなの？　それをさきにいってちょうだい。もしそのだれかさんになる気があったら、わたし、あがっていくわ。もしなかったら、もっと別の人になるまでここにじっとしていますからね』――でも、でも、ほんとうは――」

アリスは突然わっと泣きだしました。「どうか、だれか、上のほうからこちらをのぞいてくれますように！　ひとりぼっちでここにいるのは、もうたくさん！」

アリスはそういいながら自分の手に目をやりました。するとおどろいたことに、いつのまにかウサギの白い手袋を片手にはめているではありませんか。「あんな小さい手袋、どうしてはめられたのかしら？*」アリスは思いました。

＊　アリスの着ている衣類その他は伸びちぢみしないのだろうか，という点は不問に付されている。スウィフトのガリヴァーの方がこの点論理的。

「わたし、きっとまたちぢんでるんだわ」そして立ちあがって、テーブルと背くらべをしてみました。よくわかりませんが、見当をつけたところでは、もっか六〇センチぐらいの身長です。しかもぐんぐん小さくなっていく最中ではありませんか。

じきに、アリスはこれは手に持っている扇のせいだと気がついたので、いそいでそれを下に落としました。さもなければ、アリスの体はちぢみにちぢんで、しまいにはすっかり消えてなくなったにちがいありません。「間一髪」とはこのことでした。

「ほんとにあぶないところだったわ！」突然の変化にびっくりしながらも、アリスは、なにはともあれ、まだちゃんと自分が存在していることをおおいに喜びました。「さあ、こんどこそ庭へ出なければ！」そして全速力で小さいドアのところへかけもどりました。

ところが、なんということ！　小さいドアはまた閉じており、小さい金色の鍵は前と同様、ガラスのテーブルの上にのっていました。「ひどいわ。こんなのないわよ！　わたし、いままでにこんなに小さかったことなんて、一度もなかったのに！＊　ひどい！　ひどすぎるわよ！」

＊　胎児のときにまでさかのぼってもそういえるかな，とキャロルはいいたげである。

こういったとたんに足がすべって、つぎの瞬間、ジャボン！ アリスはあごまで塩からい水につかっていました。まず頭にひらめいたのは、自分がなにかのぐあいで海に落ちたんだということでした。「そうなら、鉄道で帰れるわ」アリスはひとりごとをいいました（アリスはいままでに一度だけ海岸へ行ったことがあって、そのとき以来こんなふうに思いこんでいるのです。つまり、海岸というものはどこでも、たくさん水浴機*があり、子どもが何人かいつも木のスコップで砂を掘っており、それから宿屋がずらりと並び、そのうしろには必ず鉄道の駅があるのだ、と）。

＊ 移動式箱型更衣室。馬に海中のほどよいところまで引いていかせ，沖に面したドアより水に入る。上るときも同じ要領。18世紀の発明だが，女性の肉体を匿そうとしたヴィクトリア朝時代に愛用された。

でもアリスは、まもなく気がつきました。これは自分が三メートル近い身長のときに泣(な)いた涙(なみだ)でできた池なのです。アリスは出口をさがして泳ぎまわりました。「あんなに泣(な)かなければよかったわ！　きっとその罰(ばつ)で、こうして自分の涙(なみだ)におぼれるのよね！　おかしいわ、自分の涙(なみだ)でおぼれるなんて！　でも、そんなことといえば、きょうはおかしなことばかりだもの」

ちょうどそのとき、少しむこうのほうで、池の水をパシャパシャやっている音が聞えたので、アリスはなにかしらと思って、そちらのほうへ泳いで行きました。はじめは、セイウチかカバにちがいないと思いました。でも、自分がいまどんなに小さいかを思い出して、もう一度見ると、ただのハツカネズミだとわかりました。アリスと同じように、池に落ちたのにちがいありません。

「話しかけてみようかしら、むだかもしれないけど。でも、この地面の下って、とんでもないことが平気で起きるところでしょう、ハツカネズミが口をきくってこともないとはいえないわ。とにかくやってみましょう。損(そん)はしないもの。――えへん、ハツカネズミさん、この池から出る道、知ってる？　わたし、もうここで泳ぐのにあきちゃったの、おおハツカネズミよ！」アリ

スは前にお兄さんのラテン語の文法の本をのぞいたことがあって、そこに「ハツカネズミは―ハツカネズミの―おおハツカネズミよ」*などと書いてあったのです。ハツカネズミはなにやらいぶかしげにアリスを見つめて、その小さい目をパチパチさせたように見えましたが、なにもいいません。

「きっと英語がわからないのね。フランスのハツカネズミなのかもしれないわ。ウィリアム征服王★といっしょにイギリスにやってきたのね」アリスの歴史の知識では、なにがどのくらい昔に起こったのか、すべてあいまいでしたからね。ともかく、アリスはやりなおしました。

＊　ラテン語の名詞の格変化。「おおハツカネズミよ」は呼格。なおキャロルはアリス・リデルの兄ハリーの家庭教師をしていたことがある。

★　1066年イギリスを征服したフランスのノルマンディ公ウィリアム。

「わたしのネコはどこ？」これはフランス語の教科書のはじめにのっていた文章でした。とたんに、ハツカネズミは水からはねあがり、おそろしさで体じゅうブルブルふるえているようでした。

「まあ、ごめんなさい！」アリスは小さな動物の気持をきずつけてしまったのかもしれません。「わたし、すっかり忘れてたわ、あなたがネコを好きじゃないってこと」

「ネコを好きじゃないって！」ハツカネズミは声をはりあげました。「もしあんたがわしだったら、どうだい、あんたはネコを好きになれるかい？」

「そうね、たぶんなれないわね。ごめんなさいね、どうか怒らないで。でもね、わたしのうちのダイナはべつよ。ダイナを見せてあげたいわ。あなただって、ダイナを見たら、きっとネコが好きになるわよ。ほんとにおりこうでおとなしいんだから」アリスは、半分はひとりごとのようにつづけました。「暖炉のそばで気持よさそうにのどをごろごろいわせてね、足先をなめたり、顔をなでたり――抱くと、とてもやわらかいのよ。それにネズミをとるのがすごく上手なの*――あら、ごめんなさい！」

ハツカネズミは、こんどは体じゅうの毛を逆立てて、ほんとうにきげんを

＊　これも弱肉強食の一例。

そこねたようでした。

「もしおいやなら、ダイナの話はやめましょうか」

「やめましょうかが聞いてあきれる！ このわしがそんな話を聞きたがる？ わしの一族はな、いつだってネコたちを憎んできたんだ。いやらしくて低級で下品な連中さ！ 二度とわしのまえでネコってことばを口にしないでくれ！」

「しないわ、ほんとよ！」アリスは話題をかえようと思いました。「それじゃあなた――そのう――あれはお好き、イヌは？」ハツカネズミは答えません。そこでアリスはいきおいこんでつづけました。「うちの近くにそれはかわいいワンちゃんがいたのよ。あなたに見せてあげたかったわ！ 小さな、目のきらきらしたテリヤでね、長い茶色のちぢれ毛なの。なにか投げるとひろってくるし、お食事がほしいとチンチンをするし、そのほかいろんなこと――いま思い出せないくらい――お百姓さんのうちのイヌなんだけど、とても役に立って、百ポンドくらいで売れるんですって！ なにしろネズミは片っぱしから殺すし、それに――あら、どうしましょう！ また怒らせちゃったみたい！」

ハツカネズミは大きな波を立てながら、必死にアリスから遠ざかっていきました。

そのうしろ姿にむかってアリスはやさしく呼びかけました。「ハツカネズミちゃん！　もどってきて！　もしいやなら、ネコやイヌの話はもうしないから」

これを聞いてハツカネズミはゆっくりこちらへもどってきました。あおざめた顔をして（怒っているせいかしら、とアリスは思いました）、低いふるえ声でいいました。「岸へあがろう。そうしたらわしの身の上話をしてあげる。そうすれば、なぜわしがネコやイヌをきらっているかわかるだろう」

それはちょうどいい潮時でした。池は鳥や動物でとてもこみあってきていたからです。アヒル、ドードー、インコ、ワシの子*、それに珍しい生き物が何匹か——そういった一団が、アリスのあとにつづいて岸へむかって泳いでいきました。

*　アヒル (duck) は川遊びに同行したキャロルの友人ダックワース (Duckworth), インコ (lory) はロリーナ (Lorina), ワシの子 (eaglet) はイーディス (Edith), 絶滅した巨鳥ドードーはキャロルすなわちドジソン (Dodgson を吃ると Dodo が出現する)。

第三章

A CAUCUS-RACE AND A LONG TALE

めためた競争と長い尾はなし

岸に集合したのは、いかにもへんちくりんな一団でした。羽をひきずっている鳥たち、毛がぺったり体にくっついている動物たち――みんなびしょぬれで、気分が悪いのか、むっつりしていました。どうやって体を乾かすか、これがもちろん第一の問題でした。そこで相談がはじまり、いくらもたたないうちに、アリスはごくしぜんに、ずっと昔からの知り合いのような調子で仲間に加わっていました。

じつをいうと、アリスはインコを相手に大議論をしたのですが、インコはとうとう「わたしはね、あなたより年が上なんですからね＊、ですからわたしのほうが正しいのよ」とだけいって、ふきげんにだまりこんでしまいました。アリスにいわせれば、インコの年がいくつなのかわからない以上、それは納得できないことでした。でもインコは自分の年齢を教えることをきっぱりことわったので、そこで話は終ってしまいました。

やがて、一同の中でいちばん権威があるらしいハツカネズミが大声で叫びました。「さあ、みんなすわって、わしのいうことを聞くがいい！　わしがじきに諸君をからからに乾かしてあげよう！」みんなはただちに、ハツカネズミをまんなかに、大きな輪を作ってすわりました。アリスは熱心に目をこ

＊　インコ (lory) はアリスの姉 (Lorina) を暗示する。

らして見ていました。というのも、早く体を乾燥させないと、まちがいなく風邪をひきそうだったからです。

「えへん！」とハツカネズミはえらそうなようすをしていいました。「みんな、いいかな？　これから、わしが知るかぎりいちばん無味乾燥*な話をする。静粛に！『ウィリアム征服王の主張はローマ教皇の認めるところとなり、イギリスの民衆もウィリアムに服従することとなった。彼らは指導者の欠如のゆえに、そのころ略奪や屈服の憂き目にあうことがしばしばであったのである。マーシアの侯爵エドウィンおよびノーサンブリアの侯爵モーカーは★――』」

「げえーっ！」インコが吐き気でもしたみたいな声を出しました。

「なんですと？」ハツカネズミは、まゆをしかめながらもたいへんていねいにたずねました。「なにかいわれたかな？」

「いえべつになんにも！」インコはあわてて、ごまかしました。

「なにか聞えたように思ったが――まあ、つづけよう。『マーシアの侯爵エドウィンおよびノーサンブリアの侯爵モーカーはウィリアムを国王に推挙することに同意を表した。名だたる愛国主義者カンタベリーの大僧正スティガ

＊　dry には「乾いた」「乾かす」のほかに「味もそっけもない」の意がある。いちばん無味乾燥な話がいちばん乾燥力が強い，という理屈。

★　リデル家の家庭教師プリケット嬢が実際に用いた歴史の教科書からの正確な引用。

ンドさえも、窮余の一策を見出した思いで――」

「なにを見出したですって?」とアヒルが口をはさんだ。

「なにをって」ハツカネズミはムッとして答えました。「いまいったのが聞えたでしょう」

「聞えましたよ。でも、キューヨノイッサクってなんです? わたしが見つけるのはたいていカエルかミミズですがね、大僧正が見つけたのはいったいどんな餌なんです? ムシですかい、木の実ですかい?」

ハツカネズミはこの発言を無視して、いそいで先をつづけました。「――窮余の一策を見出した思いで、エドガー・アセルリングとともにウィリアムに王冠を授けるために、おもむいた。ウィリアムの態度ははじめは穏和であった。しかし部下のノルマン兵士たちの、目にあまる無礼な振舞いに――』どうです、あんた、どんなぐあいです?」とハツカネズミはいきなりアリスのほうをふりかえりました。

「まだびっしょりよ」アリスはゆううつな口調で答えました。「ぜんぜん乾きそうにないわ」

「しからば」とドードーがおごそかに立ちあがりました。「本集会の休会を求める動議をわたしは提出する。より活動的対策の即刻採択のために――」

「みんなのわかることばをしゃべってよ!」ワシの子がいいました。「わたし、そんな長ったらしいことば、なんのことかちっともわかんないわ。いわせてもらえば、あんただってわかってないんじゃないの?」そこでワシの子は、笑いをかくすために頭をたれました。ほかの鳥のあいだから、くすくす笑う声が聞えました。

「わたしがいおうとしていたことはだ」ドードーの声には明らかに気分をそこねたようすがうかがえました。「体を乾かすいちばんよい方法は、めためた競争*だろうということだ」

「めためた競争っていったいなに?」アリスはたずねました。とくに知りたかったわけではなかったのですが、ドードーがせっかくだれかの発言を期待するようにことばをきったのに、だれもなにもいいそうになかったからです。

「それはだな……そのう、あれだ、いちばんよい説明はじっさいにやってみることさ」

ついでながら、あなたも冬の日なんかにやってみたくなるかもしれませんから、ドードーがどういうふうにやったかここでお話ししておきましょう。

* 原語 caucus-race のコーカスは「政党幹部会議」の意。キングズレーの童話『水の子』にカラスたちのコーカスが描かれている。だがキャロルは政治的風刺よりも「競争原理を完全に解体した競争」の夢を語っているように見える。

まず地面に丸い輪を描きます（「大ざっぱに丸ければいいんだ」とドードーがいいました）。これが競争のコースです。それから全員が、コースのあちこちで位置につきます。ただし「一、二、三、スタート！」といったかけ声はなくて、みんな勝手なときに走りだし、勝手なときにやめます。ですから、いつ競争が終ったのか、はっきりわかりません。

とにかく三十分かそこら走りますと、すっかり体が乾いてきました。そのときドードーが突然「競争終り！」と叫んだので、みんなは集まってきて、息をきらせながら「だれが勝ったんだ？」とたずねました。そう聞かれて、ドードーは答えにつまり、一本の指をひたいに押しつけてじっと考えこみました（シェイクスピアがそういう格好ですわっている肖像画を見たことがあるでしょう）。みんなはだまって待っていました。

とうとうドードーが宣言しました。「全員優勝、全員が賞品をもらう*」

「でもだれが賞品を渡すんだ？」いっせいに質問が出ました。

「そりゃ、あの子だよ、もちろん」ドードーはアリスを指さしました。そこで一同はわっとアリスのまわりにむらがって、口ぐちに大声をあげました。

「賞品だ！」「賞品よ！」

＊　ヴェルギリウスの『アエネーイス』第五歌に「みなの者に例外なく褒美の品をとらせん」という句あり。その記憶が作用しているかもしれない。

アリスはまったくどうしたらいいのかわからず、とほうにくれましたが、ポケットに手をいれると、ボンボンの箱があったので（さいわい塩水にぬれてはいませんでした）、賞品としてボンボンをみんなにくばってあげました。ちょうどひとりにひとつずつありました。

「でもあの子だって賞品をもらわなくちゃ。そうだろう？」とハツカネズミがいうと、「そうだとも」ドードーもおもおもしく答え、アリスのほうにむきなおって、「ポケットには、ほかになにがはいっているかな？」

「指ぬき＊だけよ」アリスは悲しそうに答えました。

「それをこちらによこしなさい」みんなにとりかこまれて、ドードーが「この優美なる指ぬきをご受納いただきたくぞんじます」といいながら、おごそかに指ぬきをアリスに進呈しました。★この短いスピーチが終ると、一同そろって拍手をしました。

アリスには、なにからなにまでとてもこっけいに思えましたが、みんな大まじめなので笑うわけにもいきません。なにもことばが思いつかなかったので、なるべくおごそかな顔をして、ただおじぎだけし、指ぬきをうけとりました。

＊　thimble（指ぬき）というきわめて日常的なものが優美なるものの symbol（象徴）に転ずる。指ぬきは『スナーク狩り』にも出てくる。

★　ドードー（キャロル）は作中アリスに対して「反対人」でないまれな人物。

さて、なりゆきとして、次にボンボンをたべることになりましたが、ここでちょっとばかりさわぎがもちあがりました。大きい鳥たちはろくに味がしなかったと文句をいうし、小さい鳥たちはのどにつっかえて背中をたたいてもらうというしまつだったからです。

このさわぎがやっとおさまって、みんなは輪になってすわり、ハツカネズミにもっと話をしてくれとせがみました。

「あなたの身の上話をしてくれるって約束したじゃないの」とアリスはいっ

てから、またきげんをそこねやしないかと心配しながら、そっと小声でつけくわえました。「それから、なぜ――ネの字のつくものとイの字のつくもの*が大きらいかも」

「とても長くて悲しいお話なんだよ！」ハツカネズミはアリスのほうをむいて、ため息まじりにいいました。

「ほんとに長い尾だこと」アリスはハツカネズミの尾を見て感心しながらいいました。「でもどうして尾はなしなんていうのかしら？★」ハツカネズミが話しているあいだじゅう、そのことについて頭をひねっていたので、アリスの心の中で、そのお話はほぼ次のような形をとっていました❖――。

（51ページ）

「ちゃんと聞いてないじゃないか！」ハツカネズミはアリスにきびしくいいました。「なにを考えているんだ？」

「ごめんなさい」アリスはすなおにあやまりました。「五つ目のまがり角❄にきたところじゃなかったかしら？」

「きてないさ！」ハツカネズミは怒って叫びました。

「きたないですって！」いつでも人の役に立ちたくてうずうずしているアリ

＊　もちろんネコとイヌのこと。

★　原文では，ハツカネズミが tale（話）といったのを，アリスは tail（尾）と聞いてしまった。「お話」と「尾は無し」は苦しい日本語のしゃれ。

❖❄　52ページ。

おうちの中で
ばったりと出会った
小ネズミ・チュー公に
大イヌ・フューリーが
言いました、
「さあさ行こうぜ
法廷に。おれが
おまえを起訴
してやる。
おいこら、いやとは
言わせねえ。なにが
なんでも裁判だ。
なにせけさの
おれさまは
手もちぶさたで
ならねえんだ」
チュー公、ワン公に
言うことにゃ
「そんな裁判
やったとて、
判事も陪審も
いなければ、
なんのたしにも
なりますまい」
そこはワン公
こすからく、
「判事も陪審も
おれがやる。
この裁判の
いっさいは
このおれさまが
ひきうけた。
みんごと
死刑の
宣告を
おまえ
に下し
てみせて
やる」

スは、熱心にあたりを見まわしながら叫びました。「どうぞわたしにきれいにするお手伝いをさせて！」

「そんなこと、だれにさせるもんか！」ハツカネズミは立ちあがって、あちらへ行きかけました。

「あんたという人は、そんなくだらないことばかりいってわしを侮辱するんだ！」

「そんなつもりじゃなかったのよ！　あなたって、ずいぶん怒りっぽいのね！」

　ハツカネズミは返事のかわりにうなっただけでした。

「お願い、もどってきて、お話を終りまで聞かせて！」

アリスが叫ぶと、ほかのみんなも声をそろえていいました。「そうだよ、そうしてよ！」でもハツカネズミはじれったそうに首をふって、どんどん行ってしまいました。

「おやまあ、残念だこと！」ハツカネズミの姿がすっかり見えなくなると、インコがため息をつきました。カニのお母さんが、いい機会とばかり娘にいって聞かせました。「いいかい、おまえ！　これでわかったろう、腹を立て

❖　この「尾話」は「図形詩」のジャンルに入る。竪琴の形をした「竪琴」というギリシア古代詩以来の長い伝統がある。内容は，強者が弱者を徹底的に迫害する恐ろしい話。

❈　アリスは物語の進行をきわめて即物的図形的に捉えている。

てはいけないって」

「うるさいわよ、母さん！」娘のカニがぴしゃりといいかえしました。「母さんの相手だったら、じっとがまんの貝だってかんしゃくを起こすでしょうよ！」

「ダイナがここにいればよかったんだけど！」アリスはべつにだれにということもなくつぶやきました。「ダイナなら、じきにハツカネズミを連れもどしてくれるわ！」

「ダイナってだれなの、よかったら教えてちょうだい」といったのはインコです。

アリスはお気に入りのネコの話なら頼まれなくてもしたがるくせがあったので、いきおいこんで答えました。

「ダイナって、うちのネコなの。ネズミをとる腕前がそりゃすばらしいの、信じられないくらいよ！　それと、そうよ、鳥を追いかけるところを見せてあげたいわ！　とにかく、小さい鳥を見つけると、あっというまにたべちゃうの！」

この話に一同はあきらかに動揺したようでした。たちまち大いそぎでいなくなってしまった鳥もいました。年とったカササギは、「もう家へ帰らにゃならん。夜風にあたると、のどをやられるのでな」といいながら、注意深く羽で身をくるみはじめました。カナリヤはふるえ声で子どもたちに「いらっしゃい、みんな！　もうベッドにはいっていなきゃいけない時間よ！」と呼びかけました。

そんなふうに、いろいろな口実を作って、みんな行ってしまい、とりのこされたのはアリスだけでした。

「ダイナの話をしなけりゃよかったわ！」アリスはしょげかえって、ひとりごとをいいました。「ここではみんなダイナがきらいみたい。でも、ぜったい世界一すてきなネコよ！　ああ、かわいいダイナ！　わたし、ほんとにもう一度おまえに会えるかしら！*」

そしてかわいそうにアリスはまた泣きはじめました。とてもさびしくて、元気がなくなってしまったのです。

と、ほどなくまたパタパタいう小さな足音が遠くから聞えてきました。

ハツカネズミの気がかわって、おしまいまで話をしにもどってきたのかな、とアリスはなかば期待しながら目をこらしました。

＊　ダイナはアリスを地上の現実世界につないでくれる唯一の糸。

第四章

THE RABBIT SENDS IN A LITTLE BILL

送りこまれたビル

現れたのは例のシロウサギでした。なにかなくしたのか、しきりにあたりを見まわしながら、ブツブツつぶやいているのがアリスに聞えました。

「公爵夫人！　公爵夫人！　くわばら、くわばら、わたしの足！　くわばら、くわばら、わたしの毛とひげ！　公爵夫人はわたしを死刑になさるにきまってる、ぜったいだ、イタチがイタチであると同じくらい＊ぜったいたしかだ！　いったいどこへ落としちまったんだろう？」

アリスはとっさに、扇と白い子山羊の手袋をさがしているのだと見当がついたので、自分からすすんでさがしてあげました。でもどこにも見つかりません――池で泳ぐ前とあとでは、なにもかもかわってしまったみたいで、大きい広間も、ガラスのテーブルも、小さいドアも、すべてあとかたもなく消え失せていたのです。じきにシロウサギは、あたりをさがしまわっているアリスに気がついて、怒った口調でどなりました。

「おい、メアリー・アン★、こんなところでいったいなにをやっているんだ？　すぐ家へ走っていって手袋と扇を持ってこい！　さあ、いそいで！」

アリスはあまりびっくりしたので、相手のまちがいを正すひまもなく、指さされた方角にかけだしました。

＊　ウサギ狩りのさい，イタチはウサギを穴から追い出す役。イタチはウサギにとって不吉な敵である。

★　女性の召使いに典型的な名前。

「わたしを自分の家の召使いとまちがえたんだわ」アリスは走りながら考えました。「わたしがだれかわかったら、さぞびっくりするにちがいないわ。でも、とにかく手袋と扇を持っていってあげたほうがよさそうね――見つかればの話だけど」

　そんなことをいっているうちに、アリスはこぎれいな小さな家の前に出ました。ドアの上には「シロウサギ」とほりこんだ真鍮の表札がついていました。そこでノックをせずに中へはいり、いそいで二階へかけあがりましたが、心の中では、本物のメアリー・アンに出会ったら、扇と手袋を見つけないうちに家からつまみだされるんじゃないかと、ビクビクしていました。

「でもヘンテコリンな話ね、人間がウサギの使い走りをするなんて！　このぶんだと、こんどはダイナに用をいいつけられるかもね」

　そうしたらどんなことになるか、アリスは想像しはじめました。「『アリスお嬢さん！　すぐいらっしゃい、散歩の時間ですよ！』『すぐ行くわ、ばあや！　でもわたし、ダイナが帰るまで、このネズミの穴を見張ってなきゃいけないの。ネズミが逃げ出さないようにってダイナにいわれたんですもの』でも、どうかしら、もしダイナがそんなふうにみんなに用をいいつけるようになったら、ダイナを家においておこうなんて、だれも思わなくなるんじゃないかしら？」

　そうしているうちに、アリスはこぎれいな部屋にはいりこんでいました。窓ぎわにはテーブルがあり、そこには期待にたがわず、扇と白い子山羊の手袋がのっていました。そこで扇と手袋をとりあげ、部屋から出ていこうとしたちょうどそのとき、鏡のそばにある小さなびんが目にとまりました。こんどは「ワタシヲノメ」というラベルははってありませんでしたが、アリスはかまわず栓をあけてくちびるに当ててみました。

「わたしがなにかたべたりのんだりすると、必ずおもしろいことが起こるんだから。このびんをのんだらどうなるかしら。これでまた大きくなれるといいんだけど。ちびっこはもううんざり！」

　と、ほんとうにそのとおりになりました。それもアリスが思いもかけなかった速さで。まだ半分ものまないうちに、もう頭が天井につかえてしまい、体をかがめないと首が折れそうでした。アリスはあわててびんをおいて、

「もうじゅうぶんよ――これ以上大きくなりませんように――いまのままでもドアから出られないんですもの。ああ、あんなにたくさんのまなきゃよか

った！」
　しかし、残念ながら、もはや手遅れでした。アリスはずんずん背がのびて、まもなく床にひざをつかなければならなくなり、じきにそれさえきゅうくつになったので、アリスはためしに片ひじをドアにつけ、もう一方のうでを頭にまきつけて横になってみました。それでもまだ大きくなっていくので、アリスはにっちもさっちもいかなくなり、とうとう片手を窓からつき出し、片足を煙突の下につっこんでみました。
「もう知りませんからね、これ以上はなにもできませんからね。ああ、いったいどうなっちゃうのかしら？」
　アリスにとってさいわいにも、小さ

い魔法のびんのききめはそこで終ったらしく、それ以上大きくなることはありませんでした。それにしても、居心地はわるいし、この部屋から出られる見こみもなさそうなので、アリスが悲しくなったのもむりはありません。

「うちにいたほうがずっと楽しかったわ。体がやたらに大きくなったり、小さくなったりもしないし、ハツカネズミやウサギにこき使われることもないんですもの。あのウサギ穴にとびこんだのがまちがいだったのかしら。

　でもね――やっぱりね――こんなふうな暮しもちょっとおもしろいじゃない？　ほんとにわけのわからないことばかり！　前におとぎ話を読んでいたときは、そこに出てくるようなことはほんとうは起こらないにきまってると思っていたの。ところが、どう、いまのわたしはそのまっただなかにいるじゃない！　わたしのこと、だれか本に書くべきよ、*ほんとよ！　わたし、大きくなったら自分で書くわ――でも、わたし、もう大きくなってるのよね。とにかくここでは、これ以上大きくなりようがないくらいよ。

　でもね、とすると、わたし、これ以上年齢をとらないのかしら？　それはそれでうれしいけど――おばあさんにならないですむんですもの――でもね、とすると――いつも宿題をやってなきゃならないわ。いやだわ！　それだけ

＊　むろんキャロルという人が現に書いている。このような発想は『ドン・キホーテ』やシェイクスピア劇にも見られる。

はまっぴらよ！」

　そういってから、アリスは自分をたしなめました。「まあ、おばかさんね、アリスって！　こんなところでどうやって宿題ができるというの？　ほら、自分のいる場所がやっとじゃないの。教科書をおく場所もありはしないわ！」

　そんなぐあいに一人二役の自問自答ごっこをしているうちに、やがて外のほうから声が聞えてきたので、アリスは口をつぐんで耳をすましました。

「メアリー・アン！　メアリー・アン！　早く手袋を持ってこいったら！」

そしてパタパタと階段をあがってくる足音がしました。アリスはそれが自分をさがしにきたウサギだとわかったので、思わずふるえあがりました。すると家もガタガタゆれました。アリスの体はいまウサギの何百倍も大きいのだからぜんぜんこわがらなくていいのですが、アリスはそれに気がつきませんでした。

　ほどなくウサギは近づいて、ドアをあけようとしました。でもドアは内開きで、アリスのひじが中からおさえているので、うまくあきません。ウサギのひとりごとが聞えてきました。

「それじゃあちらへまわって、窓からはいるとするか」

「そんなことできるもんですか」アリスは思いました。そしてウサギがちょうど窓の下まできたころあいを見はからって、窓からつき出ている片手を突然いっぱいにのばし、空をつかむしぐさをしました。手はなんにもさわりませんでしたが、そのかわりに小さな叫び声となにかが落ちる音、そしてガラスが割れて、くだける音が聞えました。察するに、どうやらウサギはきゅうりの温室かなにかの上に落っこちたようです。つづいて怒った声が聞えました。ウサギが「パット！　パット！＊　どこだ？」と叫んでいるのです。それに答えて、聞いたことのない声が「へい、だんな、ここにおりやす！　リンゴを掘ってるんで★」

「リンゴを掘ってるだと、なんてことだ！　こら！　早くきて、わしをここから出さんか！」（ここでまたガラスの割れる音）

「おい、パット、窓から出てるあれはいったいなんだ？」

「へい、うででやす、だんな」

「うでだと？　まぬけめ！　あんなにでかいうでがあるもんか？　窓いっぱいの大きさじゃないか！」

＊　パトリックの略。男性の召使いに多い名。

★　リンゴを掘ることになにか象徴的意味があるのだろうか。たぶん，ない。

「へい、そのとおりで、だんな。でもやっぱしうではうでやす」

「なんだろうと、あんなものがあそこにあるべきいわれはない。すぐにどけてこい！」

このあと長い沈黙がつづき、アリスにはときどき「いえ、だんな、そいつ

はごかんべんを、おねげえだ！」「いったとおりにやれ、臆病者め！」といったささやき声が聞えてくるだけでした。

　アリスはまた手をのばして、さっと空をつかみました。こんどは小さい叫び声がふたつ、それとガラスの割れる音。

「ずいぶんたくさんきゅうりの温室があるみたい！　こんどはなにをやるつもりかしら！　わたしを窓からひっぱり出そうっていうのなら、大歓迎よ！　わたしだってこんなところにいたくないんですからね！」

　それからしばらくなんの音もしませんでしたが、やがて小さな荷車のゴトゴトいう音と、おおぜいの人たちのがやがやいう声が聞えてきました。

「もうひとつのはしごはどこだ？――いや、おれはこれひとつ持ってきただけだ。ビルがもうひとつ持ってる――ビル！　ここへ持ってこい！――ここだ、この角のところへ立てろ――そうじゃない、まずふたつを結びつけるんだ――これでも半分の高さにもならないぞ――いいってことよ、こまかいことをいうな――それ、ビル！　このなわをつかめよ――屋根はだいじょうぶか？――ゆるんだ瓦に気をつけろ――おっと、落ちてくるぞ！　よけろ！」（大きなガシャンという音）――「だれだ、へまをやったのは？――ビルだよ、きっと――だれか煙突からはいらなきゃだめだ――おれはだめだ！　おまえ、やれよ！――いや、おれもだめだ！　ビルだ、ビルにやらせろ――おい、ビル！　だんなの命令だ、煙突からはいれ！」

「まあ！　じゃあビルが煙突からはいってくるってわけ？」アリスはひとりごとをいいました。「なにもかもビルにおしつけるのね！*　ビルってかわいそう。ああはなりたくないわね。この暖炉、ちょっとせまいけど、なんとか足でけっとばせないかしら？」アリスは煙突につっこんでいた足をなるべくひっこめて待ちかまえました。

やがて、なんだかわからないけれど小さな動物が、頭の上の煙突の中をさかんにひっかいている音が聞えてきました。そこでアリスは「これがビルね」とばかり、強くひとけりしました。さて、どういうことになるでしょうか。

まず聞えてきたのは「あっ、あそこ、ビルだ！」といっせいに叫ぶ声、つづいてウサギの「しっかり受けとめろよ、垣根のところにいるおまえ！」そしてシーンと沈黙の一瞬、それからガヤガヤとわめきたてるおおぜいの声――。

* ビル（Bill）はウィリアムの略称だが，アリスは期せずして「なんでも勘定書（bill）につける」というしゃれをとばしている。そういえば，本章の表題も「送りつけられた勘定書」と読める。

「頭をささえてやれ——さあ、ブランデーだ*——むせないように——だいじょうぶか、おい？　なにがあったんだ？　すっかり話してくれ！」

最後に小さな弱々しいキイキイ声が聞えました（「ビルだわ」とアリスは思いました）。

「いや、そいつがさっぱりわからないんで——いえ、もうけっこうで、どうも。よくなってきました——頭がこんがらかっちゃってうまく話せないんですが——わかってるのは、こう、びっくり箱みたいに、なにかがとびだしてきたと思ったら、あっしのからだはポーンと空中に打ちあげられてたんで、まるで打上げ花火でさあ！」

「まったくそんな感じだったなあ！」とみんながいいました。

「家を焼いてしまわなくちゃなるまい！」とウサギの声がしました。

そこでアリスはあらんかぎりの大声で叫びました。「もしそんなことをしたら、ダイナをけしかけるわよ！」★

とたんに水をうったような静けさ——。

アリスは考えました。「次はどう出てくるつもりかしら！　屋根をはがせばいいんだけど、そんな知恵はないでしょうね」

＊　気つけぐすり。
★　このあとアリスはダイナを思い出さない。

じきにまた、せわしなく動きまわる物音がして、ウサギが「まず手押し車いっぱいでいいだろう」というのが聞えました。「手押し車いっぱいのなにかしら?」アリスの疑問は長くはつづきませんでした。というのは、たちまち、たくさんの小石の雨が窓からバリバリと降りこんできたからです。いくつかは顔にも当たりました。「まあ、なんてことするの!」アリスは大声をあげました。「もう一度やったら承知しないわよ!」するとまたあたりは静かになりました。アリスはお

どろきました。小石は床に落ちると、たちまち小さいお菓子にかわってしまうではありませんか。ある考えが頭にひらめきました。

「これをたべたら、わたしの体の大きさがきっとかわるわ。これ以上大きくはなれそうにないから、たぶん小さくなるってこと」

そこでアリスはお菓子をひとつほおばりました。と、うれしいことに、たちどころに体が小さくなりはじめました。

ドアをとおりぬけられるくらいに小さくなるのを待って、家から走り出ると、外にはずいぶんおおぜいの小さい動物や鳥がむらがっていました。そのまんなかにきのどくな小さいトカゲのビルがいて、二匹のモルモットにささえられ、びんからなにかのませてもらっているところです。

アリスが姿を現すと、みんなは一度におしよせてきましたが、アリスはいちもくさんに逃げだし、まもなく深い森に着きました。ここまでくればだいじょうぶでしょう。

森の中をうろつきながらアリスは考えました。「第一にしなきゃならないのは、もとどおりのちゃんとした大きさになること。第二はあのきれいな庭にはいる道を見つけること。よしと、これで計画できあがり」

たしかにこれはりっぱな計画です。簡単明瞭、申しぶんありません。ただし問題は、どうやってとりかかったらいいか、さっぱり見当がつかないということです。心細そうに木々のあいだをすかして見まわしていると、ちょうど頭の上で小さくキャンとほえる声が聞えました。アリスはあわてて上を見ました。ばかでかい子イヌ*が大きな丸い目で上から見おろしていました。そしてもそもそと前足をのばしてアリスにさわろうとしているのです。

「おお、よしよし！」アリスはネコなで声でいって、いっしょうけんめい口笛を吹こうとしましたが、じつは心の中ではびくびくはらはらしていました。この子イヌはお腹がすいているんじゃないかしら。もしそうなら、いくらネコなで声でなだめすかしても、ぱっくりたべられてしまうんじゃないかしら。

どうしたらいいかわからないまま、小さな棒きれをひろって、子イヌのほうにつき出しました。すると子イヌは、喜んでキャンキャンなきながら空中にとびあがり、棒きれにとびついてかみついてきました。アリスはふみつぶされないように、大きなアザミのうしろにすばやくかくれました。

むこう側へまわったとたん、子イヌはまた棒きれめがけてとびかかりましたが、あわてすぎてもんどりうってころんでしまいました。これではまるで

＊「ばかでかい」のになぜ「子イヌ」とわかるのか。

荷馬車の馬を相手に遊んでいるようなもので、いつなんどきふみつぶされるかわかりません。アリスはアザミの反対側に逃げました。

子イヌはなんべんも棒きれにちょっかいを出しました。うんとうしろにさがっては、ちょっと前に出て、かすれ声でほえるのです。しまいに遠くのほうで、ハアハアいいながら舌をだらりと口からたらし、大きな目をとろんとさせて、地面にへたりこんでしまいました。

逃げるならいまです。アリスはさっと走りだしました。息が切れてへとへとになるまで走りつづけました。子イヌのほえる声は遠くかすかに聞えるだけでした。

「それにしても、かわいい子イヌだったこと!」アリスはキンポウゲによりかかって息を休め、葉を一枚とってあおぎながらいいました。「ほんとうに、芸を教えてやりたかったわ、もし――もしわたしの体さえ大きかったら! そうよ! 忘れてたわ、また背がのびなくてはいけないんだわ! さあて――どうやったらいいのかしら? なにかをたべるか、のむかしなくてはいけないのよね。それはわかるんだけど、大問題はそれがなにかということよ」

たしかにそれが問題でした。アリスはあたりの花や草の葉を見まわしましたが、どう見ても適当なものはなさそうでした。

と、近くにアリスの背くらいの大きなきのこが一本生えているのに気づきました。下からのぞいたり、両側やうしろ側も見たりしているうち、上はどうなっているのか見てみたくなりました。

爪先立(つまさきだ)ちになって背(せ)のびをし、きのこのへりごしにのぞいてみたとたんに、大きな青虫と目が合いました。青虫は、腕組(うでぐ)みをしててっぺんにすわって、ひたすら長い水ぎせる*を吸(す)っていました。アリスにしろ、ほかのなににしろ、およそ眼中(がんちゅう)にないというふうです。

＊　水ぎせるを麻薬吸飲と解釈し，ひいてはアリスの夢全体のなかに麻薬による「トリップ」状態を読もうとした研究書（『麻薬の国のアリス』）がある。

第五章

ADVICE FROM A CATERPILLAR

青虫の忠告

しばらくのあいだ、青虫とアリスは、だまったまま、たがいに見つめあっていました。とうとう青虫が水ぎせるを口からはなして、眠そうな、ものうい声で話しかけました。

「だれだい、あんたは?」

これはあまり幸先のいいでだしとはいえませんね。こんな調子で、はたして楽しい会話になるでしょうか。

「それが、今のところ、よくわからないんです」*アリスは少し恥ずかしそうにいいました。「けさ目がさめたときは、わかってたんです。けど、それ以来、何回も自分がかわっちゃったみたいなの」

「それはどういう意味だい?」青虫は、きびしくたずねました。「自分のいっていることを説明してみるがいい」

「それができないの。だってね、わたし、いつもの自分とちがうんですもの」

「わからんな、なんのことか」

「でも、これ以上はっきり説明できそうにないんです」アリスはたいへん礼儀正しく答えました。「なぜって、自分でもなんのことかよくわからないん

＊　青虫はたぶん名前をきいただけだったのに,「アイデンティティ」について質問されたと誤解したアリス。

ですもの。一日のうちに何回も体の大きさがかわったでしょう。だから、すっかり頭がこんがらかって」

「そんなことはあるまい」

「そりゃ、あなたはまだ経験（けいけん）がないからよ。あなただって、さなぎにかわったり――いつかそうなるでしょう？――それから次に蝶（ちょう）になったりすれば、ちょっとは妙（みょう）な気分がするにきまってるわ。じゃなくって？」

「とんでもない」

「ふうん、あなたの感じは少しちがうのかもしれないわね。でも、わたしだったら、妙（みょう）な感じがすると思うわ、きっと」

「あんただったらだと？」青虫は軽蔑（けいべつ）をこめていいました。「じゃあ、だれだい、あんたは？」

　これでまた会話のはじめに逆（ぎゃく）もどりです。アリスは、ずけずけとものをいう青虫の態度（たいど）に、少しいらいらしてきました。そこで背（せ）すじをピンとのばし、できるだけ威厳（いげん）をもって反論（はんろん）しました。

「人に聞くまえに、まず、自分がだれかいうべきだと思うわ」

「なぜだ？」青虫は間髪（かんぱつ）をいれずに聞きかえしました。

これまた答えにくい質問（しつもん）でした。どうしてもうまい理由が考えつかないのです。それに、青虫はますますごきげんななめに見えたので、もはやこれまでとあきらめて、アリスはその場を立ち去りかけました。

「もどれ！」青虫がうしろから叫（さけ）びました。「だいじな話がある！」

おや、風むきがかわったのかな。アリスはまわれ右をして、もどってきました。

「かんしゃくを起こすな！」

「それだけ？」アリスは腹（はら）が立つのをこらえながら、いいました。

「ちがう」と青虫。

アリスは、べつに用事もないので、このまましばらく待っていてもいいと思いました。いくら青虫でも、そのうち、なにかもう少し中身のあることをいってくれるかもしれませんから。青虫はだまって水ぎせるを吸（す）っていましたが、おもむろに腕組（うでぐ）みをといて、水ぎせるを口からはなしました。

「それじゃ、あんたは自分がかわったと思っとるんだな？」

「そうらしいんです。前におぼえていたことをちゃんと思い出せないし——それからくるくる体の大きさがかわるんです！」

「どんなことを思い出せないんだ？」

「たとえばね、『ごらんかわいい蜜蜂が』を暗唱しようとしたの。ところが、ぜんぜんちがうことばになっちゃうのよ！」アリスは沈んだ声で答えました。

「『ウィリアム爺どの』*をやってみるがいい」と青虫がいいました。

アリスは手を組みあわせて、暗唱をはじめました。

「ウィリアム爺どの　いい年齢だべ」
若い息子がいいました
「髪もすっかりまっ白け
なのにしょっちゅう逆立ちばっか——
まともじゃなかんべ　その年齢で？」

「若いころにゃ　そりゃ思ったさ」
ウィリアム爺どのいいました
「こりゃ脳みそによくねえぞって
じゃが脳みそすっからかんとわかったからにゃ

* 「ウィリアム爺どの　げにもご長寿…」と始まる19世紀詩人ロバート・サウジーの教訓詩「老年の慰めはいかに得らるるや」はこう始まる。「ウィリアム爺どの　げにも長寿」／若き男の申しけり／「僅かな御髪も　灰色に染まりぬ／(78ページに続く)

そんれ　いくらでもやらかすべ」

「でもな　さっきもいったべさ
爺どの　やっぱ　いい年齢だ
その太りようはただじゃねえ
なのに戸口ででんぐりかえり――
どういうわけか教えてくんろ」

「若えあいだに」と白髪ふり
賢い爺どのいいました
「手足にいっぱいこの膏薬を
塗ってたおかげよ――ひと箱一シリング
どうじゃ　二箱いらんかな？」

「爺どの　ほんとに年齢だべさ
顎だてすっかりいかれてて

77ページ＊続き　されど御身はあくまですこやかに過したまふ／いざ　こと問はん　その理由を」

脂身(あぶらみ)ぐらいしか嚙(か)めまいに
なのにガチョウを骨ごとがりがり——
そのコツ　ひとつ教えてくんろ」

「若(わか)いころにゃ　法律好(ほうりつず)きで
親爺(おやじ)どん答えていいました
「どんな事件(じけん)も女房(にょうぼ)と議論(ぎろん)
おかげで顎(あご)は千人力
いまでもこのとおり達者(たっしゃ)だべ」

「その年齢(とし)だもん　爺(じい)どのよ」
息子(むすこ)がまたまたいいました
「眼(め)だってだいぶしょぼしょぼだ
なのに鼻先でウナギの曲芸——
そんなに器用なのはなぜだべさ?」

「三べん答えりゃ　たくさんだ」
父（と）っつあん息子（むすこ）にいいました
「いい気になるでねえ　このガキめ
あほうな質問（しつもん）　聞き飽（あ）きた
失（う）せねえと　階下（した）へ蹴（け）っころがすぞ！」

「ちがっとる」と青虫はずばりいいました。

「ちょっとへんみたいね」アリスの声はおずおずとしていました。「ことばがいくつかちがってたわ」

「はじめから終りまでぜんぶちがっとる」青虫はいいはなちました。

数分間、ふたりはだまったままでした。こんどは青虫が口をきりました。

「どんな大きさになりたいんだ？」

「いえ、とくにどういう大きさにかぎるというわけじゃないの。ただ、あんまり何度も大きさがかわるのは困（こま）るということなの。だって、そうでしょ？」

「そうじゃない」青虫はぴしゃりと答えました。

アリスはなにもいいませんでした。自分のいったことをこんなにかたっぱしから否定されたことは、生れてはじめてでした。アリスは自分でも、だんだん腹が立ってくるのがわかりました。

「今は満足なのか？」

「そうね、もうちょっと大きくなりたいわ、できることなら。一〇センチたらずの身長じゃ、いかにもちびっこっていう感じですもの」

「ばかな！　それこそまさしくぐあいのいい身長だ！」怒った声でそういいながら、青虫はまっすぐ体をのばしました。その身長はちょうど一〇センチぐらいでした。

「でもわたしはそんな寸法には、慣れていないんですもの！」あわれなアリスは訴えるようにいいました。そして心の中で、「このおじさん、どうしてこんなに怒りっぽいんでしょう。どうか、もう怒りませんように」と思いました。*

「そのうちに慣れるさ」青虫はぶっきらぼうにいうと、水ぎせるをくわえて、また吸いはじめました。アリスは青虫がもう一度口をきく気になるまで辛抱強く待っていました。やがて青虫は水ぎせるを口からはなし、一、二回あく

＊　アリスは自分の思いこみが相手を傷つけていることに気づいていない。

びをして、体をふるわせました。そしてきのこから地面におり、這って草の中へはいっていきかけましたが、その途中でこういいました。「一方の側はおまえを大きくし、もう一方の側は小さくする」

「一方の側って、なんの？　もう一方の側って、なんの？」アリスは考えました。

「きのこのさ」青虫はいいました。まるでアリスが声に出してたずねたみたいでした。そして次の瞬間、その姿は見えなくなっていました。

　アリスはちょっとのあいだ、精神を集中して、きのこをじっと見つめていました。どこがふたつの側か見つけようとしたのです。これはたいへんむずかしい問題でした。というのは、きのこは完全に丸い形をしていたからです。しまいにアリスは両腕をせいいっぱいひろげてのばし、両方の手で、きのこのへりをひとかけらずつ、ちぎりとりました。

「さて、どっちがどっちかしら？」ひとりでいいながら、アリスは右手に持ったかけらをちょっぴりかじって、効果をためしてみました。*とたんに、アリスはあごの下をガツンとぶたれたように感じました。あごが足に当ったのです。

＊　ある種のきのこが幻覚症状をひき起こすことはキャロルの時代以前から知られていた。一説によれば，青虫のきのこは中南米の原住民が用いるテオナナカトルという種類。

あまりの急激な変化にアリスは肝をつぶしましたが、体はなおも急速にちぢんでいくようすなので、おどろいているひまもありません。アリスはただちに行動を起こし、もう一方のかけらを少したべました。あごが足にぎゅっと押しつけられていたので、口を開く余地もないぐらいでした。でもなんとか開いて、左手のかけらをひとくち、やっとのことでのみこみました。

＊　＊　＊　＊　＊　＊

「やれやれ、やっと頭が楽になったわ！」アリスはうれしそうな声でいいましたが、それもつかのま、その声は恐怖の叫びにかわりました。自分の肩がどこにも見当らなかったからです。＊下を見おろしたときアリスに見えたのは、途方もない長さの首だけでした。その首は、はるか下のほうにひろがるみどりの木の葉の海の中から茎のようにのびていました。

「あのみどり色のものはなにかしら？　それよりも、わたしの肩はどこへいってしまったのかしら？　そういえば、わたしの手も見えないじゃない。かわいそうに、わたしの手たち、どこでどうしてるのかしら？」そういいながらアリスは手を動かしてみました。でも、なにごとも起こるけはいはなく、

＊「胴体四肢喪失」または「切られた首」のモチーフ。

ただはるか遠くのみどりの葉がかすかにそよいだだけでした。

　自分の手を顔のところまで持ちあげることはむずかしそうなので、顔のほうを下にさげてみました。首はまるでヘビみたいにどの方向にもかんたんにまがるので、アリスはうれしくなりました。アリスは首を、優雅(ゆうが)なジグザグの線を描(えが)きながら下のほうへまげました。木の葉の海は、じつは自分がさっきまでさまよっていた森の木のこずえなのだとわかりました。

　その木の葉の海に、アリスの首がもぐりこもうとしたちょうどそのとき、鋭(するど)いシュッという音がしました。アリスはあわてて顔をあげました。大きなハトが顔にむかってとんできて、翼(つばさ)でアリスにうちかかりました。すごいけんまくです。

「ヘビだわ！」ハトは甲(かん)高い声で叫(さけ)びました。

「ヘビなんかじゃないわよ！」アリスは憤然(ふんぜん)といいかえしました。「ほっておいてよ！」

「ヘビよ、たしかに！」ハトはくりかえしましたが、前より落ちついた声でした。そしてすすり泣(な)くようにしてつづけました。「あらゆる方法をためしてみたのよ、でもどれもだめだったの！」

「なんのこといってるのかしら？　さっぱりわからないわ」アリスはつぶやきました。

「木の根っこもためしたし、土手もためしたし、生垣もためしたわ」ハトは、アリスのことなど忘れたみたいにしゃべっていました。「でもヘビときたら！　どうやったって、あの連中にはお手あげよ！」

　アリスはますますわけがわからなくなりましたが、ハトがしゃべり終るまではなにをいってもむだだろうと思いました。

「いったい、どういうつもりなのよ！　卵をかえすのがたいへんな仕事じゃないっていうの？　ああ、昼も夜もヘビを見張ってなきゃならないなんて！　もうここ三週間というもの、わたし一睡もしていないのよ！」

「苦労なさって、ほんとうにおきのどくですわね」どうやら意味がわかりはじめてきたアリスは、そういいました。

「そして、やっと森のいちばん高い木をえらんで」ハトはかな切り声でつづけました。「とうとうこれでヘビの心配はなくなったと思ったときをねらって、こんどは空の上のほうからうねうねとおりてくるなんて！　ほんとに、なんていじわるなヘビなの！」

「でも、わたしはヘビとはちがうわよ、いいこと？　わたしは――、わたしは――」そういってからアリスはことばにつまりました。

「ええ、うかがいましょう、あなたはいったいなんなのよ？　うそっぱちをでっちあげようとしたって、お見とおしですからね！」

「わたし――わたしは女の子よ」アリスはそう答えましたが、その日に経験したいろんな変化を思い出すと、少し自信なさそうな声になりました。

「もっともらしいお話だこと、まったく！」ハトは深い軽蔑をこめていいました。「わたしはね、生れてこのかた、けっこうな数の女の子を見てきましたよ。だけどこんな首をした子なんてひとりもいなかったわ！　だめよ、うそいったって！　あなたはヘビよ、そうにきまってるわ。つぎにはきっと、卵をたべたことなんかないなんていいだすんでしょうね！」

「いいえ、そりゃ、たしかに卵をたべたことはあるわ」嘘のつけないアリスは正直にいいました。「でも、女の子ってね、ヘビと同じくらいたくさん卵をたべるものなのよ」

「そんなこと、だれが信じるもんですか。かりにそうだとしたら、女の子はヘビの一種だということになるじゃないの。どう、そうでしょう？*」

＊　これはいわゆる「論理の飛躍」。裏返せばなぞなぞになる。「女の子とかけてヘビと解く。その心は――卵をたべる」

こういう理屈に出会ったのは、はじめてだったので、アリスはしばらくことばが出てきませんでした。そのすきに、ハトはさらにつづけました。「あなたは卵をさがしてたんでしょ、わかってるわよ。それにですよ、あなたが女の子だろうとヘビだろうと、わたしには同じことよ！」

「わたしには同じことじゃないわ」アリスはいそいでいいました。「わたしはね、そもそも卵をさがしてたんじゃないわ。かりにさがしてたとしても、あなたの卵は、わたし、いらないわよ。だって、わたし、生卵をたべるの、きらいなんですもの」

「そう、それじゃ、あっちへ行けばいいでしょ！」ハトはむっつりした調子でいうと、また巣にもどりました。

アリスは木のあいだに身をかがめようとしました。首がつぎつぎと枝にからまるので、そのたびにもつれたのをほどかなくてはならず、なかなかたいへんでした。*

ほどなくアリスは、手にまだあのきのこのかけらを持っていたのを思い出しました。そこで、非常に注意深く、まずこちらの手のかけら、次はもう一方の手のかけら、というふうに少しずつかじっていきました。ひとかじりご

＊　アーサー・ラッカムの挿絵は胴のないアリスの髪が木にからみついているところを描いて，ビアズリーのサロメとヨカナンをいっしょにしたような印象を与える。

とに背がのびたり、ちぢんだりしながら、ついにもとどおりの身長になることに成功しました。あまりにも長いあいだ、けたはずれの背丈だったので、はじめはとても妙な感じがしました。でもじきにそれにも慣れ、いつものくせでひとりごとをはじめました。

「さあて、これで計画の半分はすんだというわけ！　それにしても、こんなにしょっちゅう大きさがかわると、ほんとにまごつくわね！　一分後の自分がどうなっているか、見当もつかないんですもの！　でも、これでよしと、ちゃんとした大きさにもどったわ。次の仕事は、あの美しい庭へはいること――でも、どうやったらはいれるのかしら？」

こういっているうちに、アリスは突然開けた場所に出ました。そこには、一メートルちょっとぐらいの高さの小さな家がありました。

「だれが住んでるか知らないけど、わたしがこのままの大きさでたずねたら、たいへんでしょうね。びっくりして腰をぬかしちゃうわ」

そこで、右手に持ったきのこのかけらをちびちびとかじり、三〇センチくらいの身長になるのを待ってから、家に近づきました。

第六章

PIG AND PEPPER

ブタと胡椒（こしょう）

　ちょっとのあいだ、アリスはじっと家をながめながら、「さて、どうしようかしら」と考えました。そこへ制服を着た従僕がひとり、森のほうから走ってやってきました（アリスは、その男が制服を着ていたので従僕だと思ったのですが、その顔だけ見ればサカナだと思ったはずです）*。

　サカナの顔をしたその人物は、こぶしで玄関のドアをはげしくノックしました。すると、丸い顔にカエルのような大きい目をした別の従僕が中からドアをあけました。ふたりともカールしている髪に髪粉をふりかけているのに、アリスは気がつきました。これはいったいどういうことなのか、好奇心がおさえきれなくなったアリスは森からそっと出てきて、聞き耳を立てました。

　サカナ従僕は、自分の体と同じくらい大きい封筒をうでの下からとり出し、相手に手渡して、もったいぶった声でいいました。「公爵夫人宛てでござる。女王様からクロッケーのゲームへのご招待でござる」

　カエル従僕は、同じようにもったいぶった調子で答えました。「女王様からでござるな。公爵夫人へクロッケーのゲームへのご招待でござるな」これは相手のことばをちょっといれかえただけですね。

　それからふたりは深くおじぎをしましたが、そこで髪の毛がたがいにから

＊　記号論的単純さの批判。しかしアリスの「地上」的思いこみがこの場合のように「地下」でも通用することがある。

まってしまいました。

見ていたアリスは思わず笑いころげてしまい、森の中へかけもどらなければなりませんでした。ふたりに笑い声が聞えるといけないからです。やっと笑いがとまって、森から首を出してのぞくと、サカナのほうはいなくなっていて、カエルのほうだけが玄関のそばにすわりこんで、ぽかんと空を見あげていました。

アリスはおずおずと玄関に近づき、ノックしました。

「ノックしてもむだだよ」従僕はいいました。「それにはふたつわけがある。第一、わたしがおまえさんと同じくドアのこちら側にいるから。第二、中はえらいさわぎの最中でな、だれにもノックなんて聞えやしないからさ」

たしかに中ではただならぬ物音がしていました。ひっきりなしにわめく声、くしゃみの音、そしてときどきお皿かやかんが、こなごなにくだけ散るみたいなガシャンバリバリという音。

「あのう、それでは、中にはいるにはどうしたらいいの？」それには答えず、従僕はつづけました。

「もしおまえさんとわたしのあいだにドアがあるのなら、ノックするのも多少意味があるだろうさ。たとえばおまえさんが内側にいて、ノックする。そこでわたしがおまえさんを外に出してあげるというわけだ」

従僕は話しているあいだも空を見あげたままでしたので、アリスはずいぶん失礼だと思いました。

「でも、しかたないのかもね。だって頭のてっぺんに目がついているんですもの。それに、とにかく、この人、質問に答えてくれるかもしれないわ。あのう、どうすれば中へはいれるんでしょう?」アリスは大きな声でくりかえしました。

「わたしはここにすわっているんだ、あしたまで――」

従僕がそういったとたん、家のドアがあき、そのすきまから、大きな皿がもろに従僕の頭めがけてとんできました。そして鼻先をかすって、うしろの木にぶつかり、こなごなにくだけました。

「――あるいはたぶんあさってまでな」従僕は、まるでなにごともなかったみたいに、まったく同じ調子でつづけました。

「どうすれば、はいれるんですか?」アリスはさらに声を大きくしてまたたずねました。

「おまえさん、はいっていいのかね、そもそも？」従僕はいいました。「それがまず問題じゃないかね、ええ？」

まさしくそのとおりでした。ただアリスとしては、たとえそのとおりだとしても、そういわれるのはいい気分ではありませんでした。「ほんとにいやらしいったらないわ、ここの人たちの話しっぷりときたら」アリスはつぶやきました。「こちらの頭がおかしくなっちゃいそうよ！」*

このことばを聞きつけた従僕は、これさいわいとばかり（なぜさいわいなのか知りませんが）、自分がさっきいったことを、いいかたをかえてもう一度いおうとしました。

「わたしはここにすわっているよ、だいたいね、何日も何日もね」

「でも、このわたしはどうしたらいいの？」

「好きなようにやればいいだろう」従僕はそういって、口笛を吹きはじめました。

「あきれた。こんな人と話をしてもむだよ。まったくのノータリンよ」アリスはさじを投げたかっこうで、もうかまわずに玄関のドアをあけて中へはいっていきました。

＊　この従僕もアリスにとってコミュニケーションがうまくいかない「反対人」の一人。

ドアをはいったところは、すぐ大きな台所になっていて、部屋じゅうもうもうと煙がたちこめていました。公爵夫人が部屋のまんなかで三本脚の椅子にすわり、赤ちゃんをあやしています。料理番は火の上に身をかがめ、スープがいっぱいはいった大なべをかきまわしている最中です。

「あのスープは、ぜったい胡椒の入れすぎだわ！」くしゃみが出てしようがないので、アリスはそうひとりごとをいうのがやっとでした。

スープはともかく、部屋の中の空気に胡椒がまじりすぎているのはたしかでした。公爵夫人さえ、ときどきくしゃみをしています。赤ちゃんときたら、くしゃみをしては泣きわめき、泣きわめいてはくしゃみをして、息をつくひまもないくらいです。台所の中でくしゃみをしていないのは、料理番と、炉ばたにうずくまって耳から耳までニヤニヤ笑っている大きなネコだけでした。

「教えていただけますか」アリスは少々おずおずとたずねました。というのは、自分のほうから話しかけるのが礼儀にかなっているかどうか自信がなかったからです。「なぜあなたのネコはあんなふうにニヤニヤ笑うんですか？」

「あれはチェシャー・ネコじゃ*」公爵夫人は答えました。「だからじゃよ。ブタ！」

＊「チェシャー・ネコのようにニヤニヤ笑う (grin)」という成句による。チェシャーの名産チーズで笑い顔のネコを作る慣習があったといわれる。またチェシャーのパブにヒョウを画いたつもりで笑い顔のネコに見える看板があったとも。(96ページに続く)

公爵夫人はこの最後のことばをとても唐突にいったので、アリスはどっきりしてとびあがりました。でも、すぐわかりました。それは赤ちゃんにいったのです。アリスは自分が「ブタ」と呼ばれたのではないとわかったので、また勇気をとりもどしてつづけました。

「チェシャー・ネコがいつもニヤニヤ笑っているなんて、知りませんでしたわ。そういえば、ネコにニヤニヤ笑いができるっていうことも知りませんでしたけど」

「ネコなら、みんなできるさ」公爵夫人はいいました。「じっさい、たいていのネコはやっとるじゃろうが」

「そんなことしてるネコ、わたし、知りませんわ」アリスはなるべくていねいにいいましたが、心の中では、少しは会話らしい調子になってきたのを大いに喜んでいました。

「おまえはあまりものを知らんな。こりゃ事実じゃ」

このもののいいかたは、アリスにはあまり愉快ではなかったので、このさい、なにかほかのことを話題にしたほうがよさそうだと、思いました。なんの話にしようかと考えていると、料理番がスープの大なべを火からおろし、

95ページ＊続き　キャロルはチェシャーの生まれで，ネコ好き……と因果はめぐる。キャロルは写真家でもあったが，写真撮影のとき笑顔を作るため「チーズ」という習慣は，残念ながら，彼以後のもの。それに彼のモデルは決して笑わない。

手のとどくところにあるものをかたっぱしから公爵夫人と赤ちゃんめがけて投げつけはじめました。

最初はアイロンでした。つづいてシチューなべ、それから中皿、大皿と、雨あられのようにとんでくるのです。しかし公爵夫人はちっとも気にとめず、自分に命中しても平然としていました。赤ちゃんはさっきから泣きっぱなしだったので、なにかが当って痛くて泣いているのかどうか、わかりません。

「やめて、ごしょうだから！　自分がやってること、わかってるの！」アリスはおそろしさにふるえて右往左往しながら叫びました。「あっ、あぶない！　かけがえのないお鼻なのに！」途方もなく大きいシチューなべが赤ちゃんのそばをとんでいき、もう少しで鼻がかけてしまうところだったのです。

「もしだれもが自分のやっていることがわかっていて、人のことに口出ししなければ」と公爵夫人がしわがれ声でうなるようにいいました。「世の中はいまよりずっと速くなめらかにまわることじゃろうよ」

「そうなったらぐあいがわるいわよ」アリスはいきいきとしていいました。自分の知識を示すチャンスがやってきたからです。「だって、いいこと！　そうなったら昼と夜がどうなるか！　地球が軸のまわりを一回転するのに二十四時間ちょっきり――」

「ちょっきりといえば」*と公爵夫人がいいました。「この子の首をちょっきりやっておやり！」

料理番がこの命令にしたがって行動しはじめるかどうか、アリスはいくらか心配そうにながめました。でも料理番はスープをかきまぜるのにいそがしくて、なにも聞えなかったみたいでした。そこでアリスは思いきってさきをつづけました。「たぶん二十四時間、それとも十二時間だったかしら？　わたし――」

「おやめ！　わたしゃね、数字というやつがどうにもがまんがならんのじゃ！」そういうと、公爵夫人は子どもをまたあやしはじめ、子守歌のようにも聞える歌をうたいました。文句の切れ目ごとに赤ちゃんを乱暴にゆさぶるのです。

ガキに　やさしいことばはいらぬ
くしゃみをしたら　ぶったたけ
くしゃみをするのは　いやがらせ

＊　あとで公爵夫人自身が女王の「斬首」を受けそうになる（第八章）。

そういうガキは　ぶんなぐれ
（ここで料理番と赤ちゃんも加わってコーラスになります）
ワォー　ワォー　ワォワォワォー！*

子守歌の第二節になると、公爵夫人は、赤ちゃんをもうれつな勢いでほうりあげはじめました。あわれな赤ちゃんがギャーギャー泣きわめいていたので、アリスは次のような歌の文句がほとんど聞きとれませんでした。

わたしは　ガキをどなります
くしゃみをしたら　たたきます
だって　その気になりさえすれば
この子は　胡椒が好きなはず
（コーラス）
ワォー　ワォー　ワォワォワォー！

「さあ、おまえ、子守りをしたければやらせてあげるよ！」そういいながら

＊　本歌は19世紀半頃ひろく知られた教訓詩。「幼な子にはやさしく語るべし／恐怖よりは愛によってさとすべし／荒きことばもてそこなうなかれ／この世での善き行いを……」

公爵夫人は赤ちゃんをアリスのほうに投げてよこしました。「わたしは女王様とクロッケーをする準備をしなくてはならないからね」いそいで部屋から出ていく公爵夫人のうしろ姿をめがけて、料理番はフライパンを投げつけましたが、おしいところではずれました。

アリスは苦心して赤ちゃんを抱いていました。というのは、このちびちゃんは奇妙な形をしていて、そのうえ手足をめちゃめちゃに動かすのです。「まるでヒトデみたいだわ」とアリスは思いました。アリスが抱いたとき、ちびちゃんは蒸気機関車みたいな音をたてて鼻を鳴らしていましたが、あれよあれよというまに体が二倍、三倍と大きくなりつづけ、しかもさかんに手足をふりまわす、というわけで、なんとか抱きかかえているだけでやっとでした。

まもなくアリスは、この赤ちゃんをあつかううまいやりかたを見つけました。まず体をぎゅっとねじって結びます。それから右耳と左足をしっかりつかんで、結び目がほどけないようにするのです。

さて、そんなふうに赤ちゃんを抱いて外へ出ながらアリスはいいました。

「もしわたしがこの子を連れ出さなければ、あの人たちにきっと二日以内に殺されてしまうわ。このままおいておくのは殺人と同じじゃないこと?」

この最後のところは声に出していったので、ちびちゃんは返事のかわりにブーブーといいました(くしゃみはもう止まっていました)。

「ブーブーなんて、いけないわよ。自分の思っていることをいうときは、もっとちゃんとしゃべるものよ」

赤ちゃんはまたブーブーいいました。アリスは、どうしたんだろうと思って赤ちゃんの顔をしげしげと見つめました。鼻がすごく上をむいていて、どう見ても、人間の鼻というよりはある種の動物の鼻に似ています。目も、赤ちゃんにしては小さすぎるし、ようするにアリスの好きになれる顔だちではありません。「でも、泣いてるせいかもしれないわ」と思って、涙が見えはしないかと、目をのぞきこんでみました。いいえ、涙は出ていません。アリスは真顔でいいました。「もしあなたがブタにかわるっていうのなら、もうあなたに用はありませんからね、いいこと!」

それを聞いて、あわれなちびちゃんはヒーヒー泣きました。いや、またブーブーいったのかもしれません。ヒーヒーとブーブーの区別をつけるのは、とてもむずかしいのです。

ふたりはしばらくのあいだ、だまって歩きつづけました。

「でもね、このヒトを家へ連れて帰ったとしてよ、それからあとどうしたらいいのかしら？」

アリスがそう考えはじめたとき、さっきのブーブーという声がまた大きくひびきました。心配になって顔をのぞいてみると——こんどはもうまちがいようはありません。まさしくブタであり、ブタ以外の何物でもありませんで

した。アリスは、これ以上抱いていても無意味だと思って、下へおろしました。すると、ちびちゃんはチョコチョコと森の中へかけこんで見えなくなりました。

アリスはそれを見送って、心からほっとしました。「もしあの坊やが大きくなったら、ほんとに豚児＊になったでしょうね。でも、ブタとしては、どちらかといえば器量よしなほうじゃないかしら」

アリスは自分の知っている子どもたちの中から、ブタとしてならりっぱに通用しそうな顔をあれこれと思い浮かべました。「あの子たちも、ちゃんと変身するしかたさえ知っていればいいのよ」

そこまでひとりごとをいって、アリスはハッとして足を止めました。三メートルほどさきの木の枝の上にすわっているチェシャー・ネコを見つけたのです。

ネコはアリスを見て、ただニヤニヤ笑いをしているだけでした。気だてがよさそうね、とアリスは思いました。でも、とても長い爪をしてるし、大きな歯がたくさん生えています。これはやはり軽々にあつかってはならない相当な曲者だな、という気もするのでした。

＊　男の赤ん坊をブタに変えたところに，キャロルの男の子嫌いが見てとれる。彼が男の子と仲よくしたときは，たいていその姉妹がお目当てだった。

「チェシャー・ネコさん」アリスはいくらかおずおずと切り出しました。というのは、そう呼ばれるのを相手が好きかどうか、まるでわからなかったからです。ネコはニヤニヤ笑いを浮かべた口のはばをちょっとひろげただけでした。

「まあ、ここまでのところごきげんうるわしいようね」アリスは心の中でそういってから、口に出していいました。「ここからどの方角へ行ったらいいか、教えていただけるかしら？」

「そりゃ、あんたがどこへ行きたいかでかなりちがってくるだろうな」

「どこでもかまわないんですけど——」とアリスがいいかけると、ネコがいいました。

「それじゃ、どの方角へ行こうとかまわんだろう」

「——どこかへ行きつくことさえできればね」アリスはことばのつづきをつけ加えました。

「そりゃ、どこかへ行きつくにきまってらあね、ずっと歩きつづけさえすればね」

なるほど、いわれてみればそのとおりなので、アリスは別の質問をしてみました。「このあたりにはどんな人たちが住んでいるの？」

「こっちの方角には」とネコは右の前足をまわしながらいいました。「帽子屋が住んでいる。あっちの方角には」ともう一方の前足をふりながら「三月ウサギが住んでいる。どっちでも好きなほうを訪ねるがいいさ。どっちも気が狂ってるぜ」*

「でもわたし気が狂ってる人たちのところへなんか行きたくないわ」

「そんなことといったって、しかたないさ。ここじゃみんな気が狂ってるんだ。わたしも気ちがい、あんたも気ちがい」

「わたしが気ちがいだってどうしてわかるの？」

「そうにきまってるさ。でなければ、あんた、ここへきやしなかったさ」

アリスは、そんなことはちっとも説明になりはしないと思いましたが、とにかく話をつづけました。「それであなたは、自分が気ちがいだって、どうしてわかったの？」

「まずはじめにだ、イヌは気ちがいじゃない。この点はいいね」

「ええ、まあ」

「よろしい、ではだ、イヌは怒るとうなり、うれしいと尻尾をふる。ところ

＊「帽子屋のように気が狂っている as mad as a hatter」(フェルト処理用の水銀の毒で幻覚を催したりする職業病）および「三月のウサギのように狂っている as mad as a March hare」(三月はウサギの発情期）という成句から逆成されたキャラクター。

が、おれはだ、うれしいとうなり、怒ると尻尾をふる。ゆえにおれは気ちがいである」*

「わたしにいわせれば、あなたのはうなるんじゃないわ。のどをならしてるのよ」

「なんとでも好きなように呼ぶがいいさ。あんたはきょう、女王様といっしょにクロッケーをやるのかい?」

「とてもやりたいわ。でも招待されていないし」

「そこで会おうぜ」というと、ネコは消えてしまいました。

アリスはたいしておどろきませんでした。へんなことが起こるのには、もうすっかり慣れっこになっていたのです。

ネコがさっきまでいたあたりをながめていると、突然またネコの姿が現れました。

「ときに、赤ん坊はどうなったのかね? もうちょっとで聞くのを忘れるところだったよ」

「ブタにかわっちゃったわ」アリスはまるでネコがふつうのやりかたでもどってきたみたいに、落ちついて答えました。

* 前章のハトを参照。述語の異同から主語の異同に飛躍するこの思考法は，夢の中や未開人・精神分裂病者に見られるものと似ている（宮本忠雄氏）。

「だろうと思ったよ」ネコはそういって、また消えました。

アリスは、また現(あらわ)れるのではないかとなかば期待しながらしばらく待っていましたが、それっきりでしたので、やがて三月ウサギが住んでいるといわれた方角をさして歩いていきました。

「帽子(ぼうし)屋ならいままでにも見たことがあるけど、三月ウサギというのがだんぜんおもしろそうだわ。それにいまは五月だから、*気ちがいぶりもそれほどじゃないかもしれないし——少なくとも、三月のときほどひどくないわ、きっと」

そういいながら見あげると、木の枝(えだ)にまたネコがすわっています。

「ブタといったのかい、フタといったのかい★?」とネコがたずねました。

「ブタよ」とアリスは答えました。「それからね、あまりいきなり現(あらわ)れたり消えたりしないでほしいわ。目がまわっちゃうじゃない」

「わかった、わかった」とネコはいって、こんどはゆっくり時間をかけて、消えていきました。まず尾(お)のさきが消え、だんだんとほかの部分も見えなくなり、最後にニヤニヤ笑(わら)いだけがしばらく残っていました。❖

「これはおどろき！　ニヤニヤ笑いなしのネコなら、よく見たことがあるわ。

＊　発情期にはウサギは輪をえがいて狂おしく駆けまわる。

★　原文では pig（ブタ）と fig（イチジク）。

❖　ことばと実体，全体と部分が分離するだけでなく，ついに実体と属性が分離し，前者ぬきで後者だけが存在するという不可能事。

でも、ネコなしのニヤニヤ笑いなんて！　生れてこのかた、こんなへんてこりんなもの、見たことないわ！」

　それからたいして歩かないうちに、三月ウサギの家が見えてきました。アリスはこの家がそれにまちがいないと思いました。というのは、煙突(えんとつ)は耳のような形をし、屋根は毛皮でふいてあったからです。

　とても大きな家だったので、アリスはまず左手に持っていたきのこのかけらをひとくちかじって六〇センチくらいまで身長を高くして、それからやっと家にむかって歩きだしたのでした。それでもまだ心の中でびくびくしていました。

「もしかして、すごい気ちがいだったらどうしよう？　帽子(ぼうし)屋の家に行ったほうがよかったんじゃないかしら？」

第七章

A MAD TEA-PARTY

気ちがいティー・パーティ

その家の前には、木の下に食卓がおいてあって、三月ウサギと帽子屋がそこでお茶をのんでいました。あいだにはさまってネムリネズミ*がすわって、ぐっすり眠りこんでいましたが、両側のふたりはまるでクッションみたいにその上にひじをついて、頭ごしに話をしていました。「とても落ちつかない気分でしょうね、あのネムリネズミ」とアリスは思いました。「でも、眠ってるから、気にならないかな」

テーブルは大きいのに、三人はそのひとつのすみにぎゅっと押しあうようにすわっていました。

「席はないよ！　席はないよ」アリスがやってくるのを見ると彼らは大声で叫びました。アリスはふんがいして、「席はたっぷりあるじゃない！」といいながら、テーブルの片はしの大きなひじかけ椅子に腰をおろしました。

「ぶどう酒はどうかね」と三月ウサギがまんざらぶあいそうでもない声でいいました。

アリスはテーブルをぐるっと見まわしましたが、お茶のほかにはなにもありません。「ぶどう酒なんか見あたらないじゃない？」

「ぶどう酒なんかありゃしないさ」と三月ウサギがいいました。

＊　Dormouse（ヤマネ）はネズミとリスの中間の動物。冬眠の習性と名前（フランス語 dormeur〔よく寝るひと〕の連想）から，俗称ネムリネズミ。K・バークの解釈によれば「眠れる幼児性欲の象徴」。

「だったら、ないものをすすめるなんて、少し失礼じゃなくって?」アリスは怒っていいました。

「まねかれもしないのに腰をおろすなんてのも、いささか失礼じゃないかね」と三月ウサギがいいました。

「あなたたちだけのテーブルだって、知らなかったわ」とアリスはいいました。「三人ぶんよりもずっとおおぜいのお茶の用意がしてあるんですもの」

「あんたの髪の毛、切らなきゃいかんな」*と帽子屋がいいました。彼はそれまでもの珍しそうにアリスを見つめていたのですが、口をきいたのはこれがはじめてでした。

「ひとのあらさがしをしちゃいけないって、知らないの?」アリスは少しきっとなっていいました。「とても失礼なことなのよ★」

帽子屋はこれを聞いて、目をまんまるく見はりましたが、口に出していったのは、ただこういう質問だけでした。「大鴉とかけて、書物机と解く、心は?❖」

「まあ、やっとおもしろくなってきそうだわ!」アリスは思いました。「なぞなぞをはじめるなんて、うれしいわ――わたし、それ解けそうな気がする

＊　アリス・リデルも長髪をゆわずにいた。

★　中流上層家庭の躾ぶりが窺われる。

❖　この「三段なぞ」（AとかけてBと解く，心は？）の答えは，キャロル自身をはじめ多くの人が試みているが，「心はない」というのが正解かも。

In this Style 10/6

わ」とアリスは声に出していいました。

「わたしはその答えを見つけることができると思う、あんたのいう意味はそういうことかね？」と三月ウサギがいいました。

「ええ、そのとおりよ」アリスはいいました。

「じゃあ、自分の意味するとおりのことをいうべきだよ」と三月ウサギはつづけました。

「いってるわよ、わたし」とアリスはあわてて答えました。「少なくとも——少なくとも、わたし、いったとおりのことを意味してるわ——つまり、どちらも同じことじゃなくって*？」

「同じだなんて、とんでもない！」と帽子屋はいいました。「だって、そんなことといったら、〈わたしはたべるものを見る〉というのと、〈わたしは見るものをたべる〉というのも同じだってことになるじゃろう！」

三月ウサギもつづけていいました。「〈わたしは手に入れたものが好きだ〉というのと、〈わたしは好きなものを手に入れる〉というのも同じだってことになっちまうぜ！」

ネムリネズミも、寝ごとみたいな調子で、尻馬にのっていいました。

＊　I say what I mean と I mean what I say が同じであれば，コミュニケーション・ギャップはなくてすむはず。アリスのことば遣いのあいまいさが批判にさらされる。哲学者 S・キャヴェルに *Must We Mean What I Say ?* という名著がある。

〈わたしは眠るとき息をする〉というのと、〈わたしは息をするとき眠る〉というのも同じだってことになっちゃうよな！」

「おまえにとっちゃ、じっさい同じことじゃろうが」と帽子屋がいいました。ここで会話はとぎれてしまい、みんなはしばらくだまったまますわっていました。アリスは大鴉と書物机について知っていることをなんでも思い出そうといっしょうけんめい頭をしぼっていましたが、たいしたことは思い出せません。

最初に沈黙をやぶったのは帽子屋でした。「きょうは何日じゃ？」とアリスのほうをむいていったのです。帽子屋はポケットからとり出した時計を不安そうに見つめては、ときどきふってみたり、耳に押しあててみたりしていました。

アリスはちょっと考えてから、いいました。「四日よ」＊

「そうか、じゃ、二日狂っとる！」★と帽子屋はため息をつきました。「バターじゃ歯車に合わないって、あれほどいったのに！」とつけ加えて、三月ウサギを腹立たしそうににらみつけました。

「極上のバターだったんだがなあ」と三月ウサギはおとなしく答えました。

＊　前章で「5月」とあったので，5月4日。これはアリス・リデルの誕生日。作中のアリスはきっかり満7歳と推定できる。

★　日付がわかる懐中時計は当時珍しかったはず。逆に，時計の歯車に油をさして修理するのはふつうだった。

なかったんじゃ」

「そりゃそうさ、じゃが、パンくずがいっしょにはいっちまったにちがいない」と帽子屋はぐちっぽくいいました。「パン切りナイフを使ったのがいけなかったんじゃ」

三月ウサギはその時計を受けとって、浮かぬ顔でながめていましたが、やがて紅茶のはいった茶わんに時計をひたして、またながめました。でもよい知恵も浮かばず、結局さっきのことばをくりかえすだけでした。「ありゃ極上のバターだったんだ」

アリスは三月ウサギの肩ごしに、もの珍しそうにのぞいていました。「なんておかしな時計だこと!」とアリスは口走りました。「何日かはわかっても、何時かはわからないのね!」

「それでいけないってわけがあるかね!」と帽子屋は低い声でいいました。「あんたの時計はどうじゃ、今が何年かわかるかね?」

「もちろん、だめよ」とアリスは待ってましたとばかり答えました。「でも、それは一年ていうのはとっても長いあいだつづくからよ、時計なんていらないわ」

「わしの時計もまったく同じことさ」と帽子屋がいいました。

アリスはすっかり頭がこんがらかってしまいました。帽子屋のいうことはアリスにはまったく意味をなさないように思えましたが、それでもたしかにちゃんとしたことばなのです。*「あなたのおっしゃること、よくわかりませんわ」とアリスはできるだけていねいにいいました。

「ネムリネズミのやつ、また眠っちまったな」と帽子屋はいって、その鼻の上に熱い紅茶を注ぎました。

ネムリネズミはいらいらしたようすで首をふりましたが、目を閉じたまま、いいました。「そうとも、そうとも。おれも今そういおうとしてたのさ」

「謎はもう解けたかな？」と帽子屋は、またアリスのほうをむいて、いいました。

「いいえ、こうさんよ」とアリスは答えました。「答えはなあに？」

「かいもく見当もつかん」と帽子屋はいいました。

「わしもだ」と三月ウサギがいいました。

アリスはうんざりして、ため息をつきました。「あなたたちったら、答えのないなぞなぞをやって時間をつぶすより、もっとましな時間の使いかたがありそうなものね」アリスはいいました。

＊　いわゆる「言語明瞭，意味不明」。

「わしみたいに時間のことをよく知っとったら」*と帽子屋はいいました。「あんたも、つぶすなどとはいわんじゃろうに。時間は生きものなんじゃから」

「あなたのおっしゃる意味、わからないわ」とアリスはいいました。

「もちろん、わからんじゃろうて！」と帽子屋はいかにも軽蔑したようにあごをしゃくって、いいました。「そのぶんじゃ、時間と口をきいたこともあるまい！」

「ええ、たぶん」とアリスは用心して答えました。「でも、音楽のおけいこのときなんか、ちゃんと時間を打って、拍子をとらなきゃいけない★ってことは知ってるわ」

「ああ！　それでわかった」と帽子屋はいいました。「あいつは、打たれるのが大きらいなんじゃ。いいかね、あんた、時間と仲よしになりさえすれば、時計なんかこっちのもんじゃ、時間のやつがあんたの注文どおりよろしくやってくれるからな。たとえばじゃ、今、朝の九時、勉強のはじまる時刻だとしてごらん。時間にほんのひとこと耳うちしてやりさえすれば、あっというまに時計の針はぐるりぐるぐる！　一時半、はい昼ごはんの時刻とござ

＊　帽子屋は時間を人間扱いしているが，実はほとんど「時間ノイローゼ」である。

★　beat time「時間を打つ」とは「拍子をとる」こと。

い＊！」

（「そうじゃったらどんなにいいか」と三月ウサギはひとりごとをつぶやきました）

「そりゃとてもすてきでしょうね、でも」とアリスは考え深そうにいいました。「でもね、それだと、おなかがすかないんじゃなくって？」

「はじめのうちはな」と帽子屋はいいました。「じゃが、自分の好きなだけ、いつまでも一時半にしておけばいいじゃろうが」

「あなたはそうやってらっしゃるわけ？」とアリスはたずねました。

帽子屋は悲しそうに首をふって、「ちがうんじゃ」と答えました。「時間とわしは喧嘩をしちまってな、こないだの三月のこと、こいつが――（とお茶のスプーンで三月ウサギをさしながら）――気ちがいになるちょっと前じゃった。ハートの女王のもよおされた大音楽会でな、わしは歌をうたわなきゃならなかった。

　キラキラ、光れ小さな蝙蝠よ
　いったいおまえは何してる！

＊　当時は昼ごはんの時刻が現代より少し遅かったらしい。

あんた、この歌は知っとるな？」
「似たようなのなら、聞いたことがあるけれど」とアリスはいいました。
「そのあと、ほら、こんなふうにつづくやつさ」と帽子屋は先をうたいました――。

この世をはるか下に見て
お空を飛んでくお盆のように
キラキラ、光れ＊……

ここでネムリネズミが身ぶるいをしたかと思うと、眠ったままうたいはじめました。「キラキラ、光れ、キラキラ、光れ――」といつまでもつづけるので、ほかのふたりがつねって、やっとやめさせました。
「ところで、わしが第一節をうたい終るか終らんうちにじゃ」と帽子屋はいいました。「女王が大声でこういわれたんじゃ。『こやつ、時間をめった打ちにしとる！★ こやつの首をちょん切れ！』」

＊「きらきら光れ／小さな星よ／いったいあなたは何でしょう／この世をはるか下にみて／お空のダイアモンドのように……」という有名な童謡のもじり。「星」の感傷性が殺菌される。

★ 次ページ。

「まあ、なんて野蛮なんでしょう！」とアリスは叫びました。

「それからというもの」と帽子屋は悲しそうな口調でつづけました。「時間のやつ、わしがなにを頼んでも、やってくれん！　いつもいつも六時ってわけじゃ」

　アリスはそれを聞いて、はっと気がつきました。「こんなにたくさんお茶の道具が並んでるのは、そのせいなのね？」とアリスはたずねました。

「そう、そのとおりじゃ」と帽子屋はため息をついていいました。「いつもいつもお茶の時間*なんじゃ、あいだに茶わんを洗うひまもありゃせん」

「じゃ、つぎつぎと席をかえていくわけね？」

「図星じゃ、のんだ茶わんはそのままにしてな」

「でも、また最初のところにもどったら、どうなるの？」とアリスは思いきってたずねてみました。

「話題をかえようじゃないかね★」と三月ウサギがあくびをしながら、口をはさみました。「今の話はもうあきあきしてきたぜ。わたしに提案させてもらおう。このお嬢さんがこんどはわしたちになにか話を聞かせてくれるってのはどうだい？」

122ページ★　murder the time は，「拍子をまちがえる」。音痴の帽子屋は「時間殺し」の罪で，「斬首」の刑を言いわたされたのである。
＊　お茶の時間も当時はいまより遅かった。
★　答えのない問いに対する唯一の応じかた。

「お話なんて、わたし知らないわ」アリスは、この提案に少しどぎまぎして、いいました。

「じゃあ、ネムリネズミにさせよう！」とふたりは叫びました。「起きろ、おい、ネムリネズミ！」そして両側からいちどきにネムリネズミのわき腹をきゅっとつねりました。

　ネムリネズミはゆっくりと目をあけました。「おれは眠っちゃいなかったよ」としゃがれた声で弱々しくいいました。「あんたたちのしゃべってたことは、ひとこともらさず聞えてたんだ」

「話を聞かせろよ」と三月ウサギがいいました。

「聞かせてよ、お願い！」とアリスも頼みました。

「やるんなら早くやれよ」と帽子屋がつづけました。「さもないと、おまえときたら、終らんうちにまた眠っちまうにきまっとる」

「むかしむかし、あるところに三人の幼い姉妹がおりました」ネムリネズミは大いそぎで話しはじめました。「名前はエルシーと、レイシーと、ティリー*といいました。三人は井戸の底に住んでいて――」

「なにをたべて生きていたの？」と、たべたりのんだりすることにはいつも

＊　リデル三姉妹の名にかけてある（little sisters は Liddell sisters にもかけてある？）。エルシーは Lorina Charlotte の頭文字。レイシー（Lacie）は Alice のアナグラム（綴りのいれかえ），ティリーは Edith Matilda の愛称。

たいへん興味のあるアリスが聞きました。*

「糖蜜をたべてたのさ」ネムリネズミはちょっと考えてからいいました。

「そんなことできるはずがないわ」とアリスはあまり大声にならないように気をつけて抗議しました。「病気になってしまうもの」

「そう、病気だったのさ」とネムリネズミは平然と答えました。「そりゃもうひどい病気だった」

アリスは、そんなとほうもない暮しかたって、いったいどんなふうかしらと、ちょっと思い浮かべてみようとしました。でも、頭がこんがらかってきたので、また質問しました。「だけど、その子たち、どうして井戸の底なんかに住んでいたの？」

「もっとお茶をのみなよ」と、とても熱心に三月ウサギがアリスにすすめました。

「わたし、まだなにもいただいていないのよ」アリスは気をわるくして答えました。「だから、もっとたくさんのめるわけがないでしょう」

「もっと少しはのめないっていうつもりなんじゃろう」と帽子屋がいいました。「ゼロよりもたくさんというのなら、いともやさしいからな」

＊　ついでながら，ヴィム・ヴェンダースの映画『都会のアリス』(1974) の主人公アリスもしょっちゅう食べたり飲んだりする。

「だれもあなたの意見なんか、聞いていないわよ」とアリスはいいました。

「ひとのあらさがしをしちゃいけないっていったのは、どこのどなただったかな？」と一本とったといわんばかりの調子で帽子屋はいいました。

アリスはとっさになんと返事してよいかわからなくなってしまいました。そこで自分でお茶とバタつきパン＊に手をのばして取り、ネムリネズミのほうをむいて、同じ質問をくりかえしました。

「どうして、その子たち、井戸の底なんかに住んでいたの？」

ネムリネズミはまたちょっと考えてから、「それは糖蜜の井戸★だったのさ」

「そんなもの、あるわけがないわ！」とアリスは怒りだしました。でも、帽子屋と三月ウサギに「しっ、しっ！」とたしなめられました。

ネムリネズミもきげんをそこねていいました。「ぎょうぎよく聞いていられないんなら、あんた、自分で今の話の結末をつけたらどうなんだ？」

「いえ、どうぞ先をつづけてください！」とアリスはたいへんへりくだっていいました。「もうお話のじゃまはしませんから。きっとそんな井戸もどこかにひとつくらいあるんでしょうね」

「どこかにひとつくらいだと、失敬な！」とネムリネズミは憤然としました。

＊　お茶につきものの薄切りのパン。
★　アリスのいうとおり，「糖蜜の井戸」などあるわけがないが，現実にはオクスフォード近郊に‘treacle-well’と呼ばれる薬用井戸がいくつか存在しており，ネムリネズミは事実に即して語っているのだ。

でもとにかく話をつづけることを承知しました。「というわけで、この三人の幼い姉妹は――ええと、せっせとくみあげていました」

　アリスは聞きちがえて、*「描きあげるって、なにを？」とたずねました。たったいました約束をすっかり忘れてしまったのです。

「糖蜜をくみあげていたのさ」と、こんどはネムリネズミはぜんぜん考えもしないで答えました。

「きれいな茶わんが欲しいな」と帽子屋がいいました。「みんなひとつずつ席をずらすことにしよう」

　そういいながら、帽子屋が席を移すと、ネムリネズミもそれにつづきました。そして三月ウサギがネムリネズミのあとにすわり、アリスは気がすすみませんでしたが三月ウサギの席にかわりました。この移動で少しでもとくをしたといえるのは、帽子屋だけでした。アリスはというと、前よりもずっとひどいことになりました。なぜなら三月ウサギがちょうど牛乳入れを受け皿にひっくりかえしたばかりのところだったからです。

　アリスはこのうえネムリネズミを怒らせたくはなかったので、うんと用心して質問をきりだしました。「だけど、わたし、どうもわからないの。その

＊　原文ではネムリネズミが draw の二つの意味（「描く」と「汲む」）の違いを無視するおかしさ。

子たち、どこから糖蜜をくんだのかしら」

「水なら井戸からくむ」と帽子屋がいいました。「とすれば、糖蜜は糖蜜井戸からくめるわけじゃろう——そうじゃろうが、おばかさん」

「でも三人は井戸の中にいたのよ」アリスはおしまいのひとことは聞えなかったふりをして、そうネムリネズミにいいました。

「もちろん、井戸の中さ」とネムリネズミはいいました。「いと深くにね*」

この答えにあわれなアリスはみごとに虚をつかれてしまったので、ネムリネズミが話をつづけるのを、しばらくはだまって聞いていました。

「三人の姉妹はせっせとくみあげては描きあげていました」と、あくびをしたり、目をこすったりしながら、ネムリネズミはつづけました。とても眠くなってきたらしいのです。「どんなものでも描きました——ネではじまるものならなんでもかたっぱしから描くのです——」

「どうしてネでなければいけないの？」とアリス。

「どうしてネじゃいけないのさ？」と三月ウサギ。

アリスはだまりました。

ネムリネズミはもう目をつぶっていて、うとうとしはじめていました。で

*　in the well（井戸の中）と well in（うんと深く）のしゃれ。

も、帽子屋にきゅっとつねられると、きーっと小さな悲鳴をあげて目をさまし、話をつづけました。「――ネではじまるものならなんでも、たとえば、ネズミトリとか、ネムノキとか、ネンリキとか、ネッキリとか*――ほら、〈ネッキリハッキリコレッキリ〉っていうじゃないか――どうだい、ネッキリの絵なんて、あんた見たことあるかい！」

「ううんと、そうねえ」アリスは完全にめんくらってしまいました。「自信ないけど――」

「自信のないものはしゃべるべからず」と帽子屋がいいました。

この失礼なひとことは、いくらアリスでも、がまんがなりませんでした。すっかりいや気がさしたアリスは、立ちあがって、さっさと歩き去りました。ネムリネズミはそれと同時に眠りこんでしまい、ほかのふたりもアリスが立ち去るのをぜんぜん気にもとめませんでした。アリスは、うしろから呼びとめてくれないかしらと、じつは半分期待しながら★、一、二度ふりかえってみたのですが、そんなようすはありませんでした。最後にふりかえったときは、ふたりがかりでネムリネズミをティーポットにつっこもうとしているのが見えました。

＊　原文では，mouse-traps, moon, memory, muchness (much of muchness 似たりよったり) などMで始まるもの。

★　アリスの気持ちの両義性に注目。

「あんなところ、もう二度と行かないからいいわよ！」とアリスは、道もない森の中を気をつけてすすみながら、いいました。「あんなにばかばかしいパーティに出たの、生れてはじめてだわ」

ちょうどそう口にしたとたん、森の中の一本の木にドアがついているのが＊見えました。それをあければ、中にはいれそうでした。「まあ、へんだわ！」とアリスは思いました。「でもきょうはなにもかもへんなんですもの。かまわないわ、さっそくはいってみようっと」そしてずんずんはいっていきました。

気がつくと、またしてもあの長い広間の中、あの小さいガラスのテーブルのそばにいるではありませんか。「こんどこそ、もっとうまくやってみせるわ」とひとりごとをいって、アリスはまず小さな金色の鍵をとって、庭へつうじるドアをあけました。

それから、ポケットにしまってあったきのこのかけらを少しずつかじって、身長を三〇センチくらいにちぢめました。ドアをくぐって、通路に出て、歩いていくと――。

ついに到達したのです、あの庭に。色とりどりのお花畑とすずしげな噴水のあるあの美しい庭に！

＊　ベルギーのシュルレアリスム画家マグリットお好みの画題である。

第八章

THE QUEEN'S CROQUET-GROUND

女王陛下(へいか)のクロッケー

庭の入口近くに大きいバラの木が生えていました。咲いているのは白いバラの花でしたが、三人の庭師があわてふためいてそれを赤くぬっているところでした。

アリスは「まあ、なんてへんなことを」と思ってそばに近づきました。すると、庭師のひとりがこういっているのが聞えました。

「気をつけろ、おい、五番！＊　ほら、おれにペンキをはねかえしやがって！」

「しかたなかったんだよ」五番がむっつり顔でいいました。「七番がおれのひじをつついたんだ」

これを聞いて七番が顔をあげました。「よくいうぜ、五番！　おまえってやつは、いつだって他人のせいにするんだから！」

「おまえはだまってろ！」と五番。「女王様がおっしゃってたぜ、おまえは首をちょん切られてしかるべきだって。おれはこの耳できのう聞いたばかりだぞ！」

「なんの咎で？」最初にしゃべった庭師がいいました。

「おまえには関係ないさ、二番！」七番がいいました。

＊　庭師にはスペード（「すき」の意あり）のカードがふさわしい。

「そうさ、関係のあるのは、やつさ!」と五番は七番を指さしていいました。

「だから、やつにいってやろう――咎というのはな、玉ねぎのかわりにチューリップの球根を料理番のところへ持ってったからさ」

七番はペンキのブラシをふりおろして、「まったく、こんな理不尽な話はいままでに――」といいかけましたが、そのとき、自分たちのほうを見つめているアリスに気づき、急に口をつぐみました。ほかのふたりもふりむきました。そして三人そろって深々とおじぎをしました。

「あのう、教えていただけますか?」アリスはおそるおそる話しかけました。

「なぜバラにペンキをぬっているの?*」

五番と七番はなにもいわずに二番のほうを見ました。二番は低い声で話しはじめました。

「なぜだって、それはね、お嬢さん、こいつは赤いバラの木のはずだったんですがね、それをあっしたちがまちがって白いのを植えちまったんでさあ。で、もし女王様に見つかったら、あっしたちはみんな首をはねられるにちげえねえ。だからおわかりでしょ、お嬢さん、あっしたちは必死なんですよ、女王様がこられるまえに、こうやって――」

* イギリス史で有名な薔薇戦争は紅白のバラを象徴として戦われたが,ペンキによって色がぬりかえられるのでは,戦争も空しい。

そこまでいったとき、そわそわと庭のむこうをながめていた五番が、叫びました。「女王様だ！　女王様だ！」

　三人はたちまち地面にひれふしました。おおぜいの足音が聞えてきました。アリスはさっとふりむきました。女王を見たくてしようがなかったのです。

　まず、こん棒を持った十人の兵隊*がきました。庭師たちに似たかっこうをしています。つまり、平べったい長方形の胴体の四すみに手足がついているのです。次は十人の廷臣たちで、からだじゅうにダイアモンドを飾り、兵隊たちと同じようにふたりずつ並んで歩いていました。そのあとから現れたのは王様の子どもたち。ハートの模様で着飾った全部で十人のこのかわいいちびちゃんたちは、これまたふたりずつ手をつないで、楽しそうにとびはねていました。

　それにつづくのは客人たちで、ほとんど王様たちや女王たち。あいだにまじって、なんとあのシロウサギがいるではありませんか。例のせかせかと不安そうな声でしゃべりつづけ、なにをいわれてもにっこりほほえみかえしながら、アリスに気づかずにとおりすぎていきました。

　さて、それからハートのジャックが真紅のビロードのクッションにのせた

＊　以下，クラブ（club は「こん棒」の意あり）とダイヤとハートの，１から10までのカードたち。

王冠をうやうやしくささげて、登場しました。そしてこの華麗な大行列のしめくくりとして、ハートの王様と女王が姿を見せました。

アリスは、自分も三人の庭師のように地面にうつぶせになったほうがいいのかな、という気がちょっとしましたが、しかし行列をむかえるときはいつもそういうきまりであると聞いたおぼえはありませんでした。

「それに、行列の意味がなくなっちゃうじゃないの」アリスは思いました。

「もしみんながひれふして、だれも行列をながめないとしたら？」

ですから、アリスはそこにつっ立ったまま待っていました。

行列はアリスの前まできて立ちどまり、みんなはこの女の子を見つめました。女王がきびしくいいました。

「この者はだれじゃ？」

この質問をうけたハートのジャックは、返事のかわりにおじぎをしてほほえんだだけでした。

「ばかもの！」

女王はじれったそうに頭をあげ、アリスにむかっていいました。「名前はなんというのじゃ、そこの子ども」

「アリスと申します、陛下」アリスはたいへん礼儀正しく答えましたが、心の中ではひとりごとをいっていました。「なによ、結局のところ、この人たち、ただのトランプのカードじゃない！　こわがることなんかないわよ！」

「その者たちはだれじゃ？」

女王はバラの木のまわりにひれふしている三人の庭師をさしてたずねました。というのは、なにしろうつぶせになっているその背中の模様がみんな同じなので、この三人が庭師なのか、兵隊なのか、廷臣なのか、それとも自分の子どもの三人なのか、女王には見分けがつかないのでした。

「わたしにわかるわけがないでしょ！　わたし、関係ないんですもの！」

いってしまってから、アリスは自分の勇気におどろきました。

女王は怒って真赤になりました。野獣のような目つきで一瞬アリスをにらみつけてから、かな切り声で叫びました。

「あれの首をはねよ、首を――」

「ナンセンス！」アリスが大声できっぱりいうと、女王はだまってしまいました。

王様は女王のうでをかるくとって、おずおずといいました。「まあまあ、おまえ。ほんの子どもなんだから」

女王は憤然として顔をそむけ、こんどはジャックに命じました。「うらがえすんじゃ！」

ジャックはそろりそろりと、片足でカードたちをうらがえしました。

「起きるんじゃ！」女王がかん高い声で叫ぶと、三人の庭師はただちにはね起き、王様や、女王や、その子どもたちや、そのほかのみんなにおじぎをしはじめました。

「やめんか！」女王がわめきました。「目がまわってしまうわい」そしてバラの木のほうをむいて、つづけました。「おまえたち、ここでなにをやっていたんじゃ？」

「おそれながら陛下」二番が片ひざをつきながら、うやうやしくいいました。「わたくしどもはせいいっぱい――」

「わかったわい！」バラの花をしらべていた女王はいいました。「首をはねよ！」

行列は先へ進み、三人の兵隊が不運な庭師たちを処刑するためにあとへ残りました。庭師たちは、アリスのところにかけよって保護を求めました。

「あなたたちの首、切らせやしないわよ！」というと、アリスは三人を近くにあった大きな花瓶の中に入れました。三人の兵隊は、しばらくそこらをうろうろと三人をさがしていましたが、やがてだまって行列のあとを追っていきました。

「あいつらの首をはねたか？」女王が大声でたずねました。

「首は失せましてございます。＊おそれながら、陛下」兵隊たちは大声で答えました。

「それでよし！」女王は叫びました。「おまえ、クロッケーができるか？」

兵隊たちはだまって、アリスのほうを見ました。というのは、この質問はあきらかにアリスにむけて発せられたものだからです。

「はい！」アリスは叫びました。

「では、ついてくるんじゃ！」

アリスは行列に加わって、次はなにが起こるかと、興味津々でした。

「こんにちわ——たいへんよいお天気で！」アリスのそばでおどおどした小さい声がしました。アリスはそのときシロウサギの横を歩いていたのです。心配そうにアリスの顔をのぞきこんでいるあの顔がそこにありました。

＊　うそをいってはいない。首といっしょに胴体も失せたという全体的真実をいわないだけである。

「そうね、公爵夫人はどちら？」

「シーッ、静かに！」ウサギはあわてて小声でいいました。そして不安そうに肩ごしにふりかえり、それから爪先立ちになって口をアリスの耳に近づけ、ささやきました。「公爵夫人は死刑の宣告を受けたんだよ」

「なんで？」とアリスは聞きました。

「『なんてきのどくな』といったのかい？」ウサギが聞きかえしました。

「ちがうわよ。わたしぜんぜん、きのどくなんて思わないもの。『なんで？』っていったのよ」

「女王様に横びんたをくらわしちまったんだ――」とウサギは泣きはじめました。アリスは思わずキャーッと笑ってしまいました。「しっ、静かに！」ウサギはふるえあがってささやきました。「女王様に聞えるじゃないか！　公爵夫人は少し時間におくれてきたんだ、それで女王様はいわれた――」

「位置について！」女王が雷のようなどなり声をあげたので、人々は四方八方へ走りだし、たがいにぶつかったり、ころんだり、ひとさわぎでした。でもじきにそれぞれの場所におさまり、試合ははじまりました。

　アリスは、生れてこのかた、こんな奇妙なクロッケーの競技場を見たことはありませんでした。*そこらじゅう、でっぱったりへこんだりしており、おまけにボールは生きたハリネズミ、木槌(きづち)は生きたフラミンゴ、ボールをくぐらせる鉄輪(アーチ)はといえば、兵隊がからだをふたつ折りにして、地面に両手をつけている、というしまつです。

アリスの出会った最初の難問(なんもん)は、フラミンゴのあつかいかたでした。足を下にして、胴体(どうたい)をうまいことかかえこむところまではよかったのですが、アリスがフラミンゴの首をよい形にのばし、頭でハリネズミのボールに一撃(いちげき)を加えようとすると、きまってフラミンゴは首をねじって、けげんな目つきでアリスの顔を見あげるので、アリスはついおかしくてふき出さずにはいられなくなってしまうのです。その首をまた下にむけ、もう一度はじめようとすると、こんどは、なんと、ハリネズミが丸(まる)めていたからだをのばして、ちょこちょこと逃(に)げていってしまいます。それだけではありません。どの方向にハリネズミをころがそうとしても、たいていうねや溝(みぞ)がありますし、ふたつ折りになっている兵隊たちはひっきりなしに起きあがっては競技場(きょうぎじょう)のほかのところへかってに歩いていってしまうのです。いやはや、こんなにむずかしいゲームははじめてだ、とアリスはあきれかえりました。

* キャロルはリデル家の庭でアリスたちとよくクロッケーをした。新しい規則を考案して発表したこともある。

競技者(きょうぎしゃ)たちはどうかというと、これがまた自分の番を待たずに一度にゲームをはじめるわ、たえまなく喧嘩(けんか)をするわ、ハリネズミをとりあうわ、まことにてんやわんや。そうこうするうちに、女王はかんかんに怒(おこ)りだしました。地団太(じだんだ)をふんで、一分ごとに「あの男の首をはねよ！」とか「あの女の首をちょん切れ！」とか、どなり散らすのです。

アリスはたいそう不安になってきました。たしかに自分は今のところまだ女王となんの争いごともしていません。でもいつそうなるかわかったものではありません。「そうなったら、わたし、どうなるのかしら？　ここでは、人の首をはねることが大流行らしいわ。でも、それにしては、不思議ね、まだ生き残っている人がいるなんて！」

　アリスはどこかに逃げ道はないか、だれにも見られずにぬけ出す手はないか、ときょろきょろしていました。そのとき、空中に奇妙なものが現れかかっているのに気がつきました。なんだろうと首をひねるまでもなく、思いあたりました。これはニヤニヤ笑いだ、と。

「チェシャー・ネコだわ。やれやれ、これで話し相手ができたわ*」

「元気かい？」話ができるくらい口が見えてくると、すぐネコはいいました。

アリスは、目が現れてくるまで待って、それからうなずきました。「話しかけてもむだだわ」アリスは考えました。「耳が見えてくるまでは。少なくとも片方の耳がね」やがて頭が全部出てきました。そこでアリスはフラミンゴを下におろし、ゲームのようすを話しはじめました。話を聞いてくれる相手が見つかったのがうれしくてしようがありませんでした。ネコのからだのほ

*　チェシャー・ネコはドードーとともにアリスと良い関係にある少数の人物の一人。

かの部分は見えませんでした。頭だけ見えていれば充分と思ったのかもしれませんね。

「あの人たちったら、ぜんぜんルールを守らないんですもの」アリスは不満をぶちまけるようにいいました。「それにものすごいいきおいで喧嘩をするでしょう。自分のしゃべっている声も聞えないくらい。だいたい、ルールなんてないみたい。あったとしても、だれも守ってないんだから、同じよ。それから、なにからなにまで生き物でできているっていうのは、すごくやりにくいことよ。* あなたには見当もつかないでしょうけど。いいこと、わたしがアーチをねらってボールをうつでしょう。するとそのアーチがコートのむこうのすみへ歩いていってしまうのよ。かと思うと、女王様のハリネズミをわたしがうとうとしたら、わたしのハリネズミが近づいてきたので、ひょこひょこ逃げだしちゃったの！」

「女王様のこと、好きかい？」とネコが低い声でたずねました。

「ぜんぜん。だってあのひとって、すっごく――」といいかけたところで、アリスは女王がすぐうしろにいて聞き耳をたてているのに気がつきました。そこでこうつづけました。「――お上手で、優勝なさるにきまっているわ。

＊　このクロッケーは明らかに「人生」の比喩と読める。

おしまいまでゲームをやる必要なんかないぐらいよ」＊

女王はにっこりしてとおりすぎました。

「おまえ、だれにむかって話をしておるのじゃ?」王様はアリスのほうに近づいて、ひどく珍しそうにネコの頭を見ながらたずねました。

「わたしの友だちのチェシャー・ネコです。ご紹介申しあげます」

「目つきが気に入らんな」王様はいいました。「しかし、望みとあれば、わしの手に接吻させてやろう」

「べつにしたくはございませんな」とネコがいいました。

「ぶれいだぞ。それに、そんな目つきでわしを見つめるな!」そういいながら王様はアリスのうしろにかくれました。

「ネコは王様を見てよいことになっていますわ★ たしか。なにかの本に書いてありましたわ。どこだったか忘れましたけれど」

「よし、追っぱらってやる」王様はきっぱりとそういうと、折しもとおりかかった女王に呼びかけて、「ねえ、おまえ! このネコを追っぱらってくれんかな!」

女王にとって、めんどうな問題は、大小にかかわらず、すべて一つの方法

＊　アリスは前より社交術にたけてきた。うそをつくのが上手になった，ということ。
★　16世紀の格言。家臣がやってはならぬこともネコなら許される場合がある。規則やしきたりの相対性。

でかたづくのでした。「あいつの首をはねよ！」ふりかえりもせずに女王はそういいました。

「わしが首斬り役人を連れてこよう」と王様はいって、いそいそと立ち去りました。

遠くで女王がかんしゃくの発作を起こしてかな切り声をあげて叫んでいるのが聞えてきたので、アリスはもどって試合がどうなっているか見たほうがよさそうだと思いました。もうこれまでに三人の競技者が自分の番にうたなかったからというかどで処刑の宣告を受けていました。ゲームはいまや大混乱で、アリスは自分の順番かどうかもわからず、ことのなりゆきが心配でした。そこでアリスは自分のハリネズミをさがしに行きました。

ハリネズミは、別のハリネズミと喧嘩している最中でした。これを見て、アリスは二匹もろともうちとばす絶好のチャンスだと思いました。ただ、困ったことに、アリスのフラミンゴが庭のむこうのほうへ行ってしまっていました。そこでなにをしているのかというと、木によじ登ろうとして、むなしい努力をしているのでした。

アリスがフラミンゴをつかまえ、もどってきたときには、喧嘩は終り、ハリネズミは二匹とも姿を消していました。「でも同じことよね。どうせ、こちらがわにいたアーチはみんないなくなってしまったんですもの」

そこで、フラミンゴを逃げないように腕にかかえこんで、友だちともう少しおしゃべりをするためにもどりました。

チェシャー・ネコのところへもどってみると、おどろいたことに、かなりおおぜいの人のむれができていました。首斬り役人と王様と女王がなにやら議論していますし、三人が同時にしゃべっているそばで、人びとはおしだまって、なんとも居心地のわるそうな顔をしています。

アリスが現れるやいなや、三人はそろって、問題の結着をつけてくれと頼みました。めいめいが自分のいいぶんを述べたてるのはいいのですが、三人一度にしゃべるので、聞き分けるのが容易ではありません。

首斬り役人のいいぶんはこうです。胴体がなければ、首をそこからちょん切ることはできない。これまでにそんなことをやったことはないし、この年齢になってそんな新しいことをはじめる気もない。

王様のいいぶんはこうです。首というものがある以上、首をはねることはできるにきまっている。たわけたことは申すな。

そして女王のいいぶんはこうです。いますぐなんとかしなければ、だれかれの区別なく、いっせいに死刑だ（集まった人が深刻で心配そうな顔をしているのはこの発言のせいでした）。

アリスとしては、こう答えるしかありませんでした。「このネコは公爵夫人のものでしょう。だったら公爵夫人のご意見を聞いてみるべきじゃないかしら」

「あの女はいま、牢にはいっておる」女王は首斬り役人にいいました。「ここへ連れてまいれ」

首斬り役人はたちまちかけ出しました。

首斬り役人が出ていくとじきに、ネコの頭はぼやけはじめ、公爵夫人が連れてこられたころには、すっかり消え失せていました。王様と首斬り役人は必死になってそこらじゅうをさがしはじめました。のこりの人たちは、ゲームをしにもどりました。

第九章

THE MOCK TURTLE'S STORY

ウミガメモドキのお話

「おや、おまえさんか。また会えるとは、うれしいねえ、ちびっこお嬢さん！」といいながら、公爵夫人は愛情たっぷりのしぐさでアリスと腕を組みました。二人はいっしょに歩きだしました。

　夫人がこんなにごきげんがいいとは、アリスにとっても、うれしいおどろきでした。さっき台所で会ったときの、あの乱暴なふるまいは、きっと胡椒のせいだったのだと思いました。

「わたしが公爵夫人になったとしたら」とアリスは心の中でつぶやきました（もっともあまり期待しているようすはありませんでしたが）。「台所にはぜったい胡椒はおかせないわ。胡椒がなくたって、スープは作れるはずだし――そう、人をぴりぴりとかんしゃくもちにさせるのは、いつも胡椒なのよ」

　これは新発見でした。アリスはうきうきして、つづけました。

「すっぱい顔にさせるのは酢――それからかみつきそうな皮肉屋にするのはカミツレ草*――それから――それから子どもを甘くやさしい気だてにするのは甘くておいしいキャンディよ。おとなって、このことがぜんぜんわかっていないのよ。わかっていれば、あんなにけちけちしないはずよ」

＊　キク科の草。花を乾かして飲むと，発汗性があり，風邪などによい。にがい味。

ひとりごとにふけっているあいだに、アリスは公爵夫人のことをすっかり忘れていたので、耳のすぐそばで夫人の声が聞えたときは、少しどっきりしました。

「なにか考えごとをしていたね。人と話をするのを忘れておる。その教訓は――ええと、ちょっと出てこないけど、じきに思い出すからね」

「教訓(きょうくん)なんてないんじゃないかしら、きっと」アリスは思いきっていいました。

「まあまあ、なんてことを、お嬢(じょう)さん！　なにごとにも教訓(きょうくん)というのは必ずあるものだよ、もし見つけることができさえすればね」そういいながら、夫人はアリスにすりよってきました。

アリスは少し落ちつかなくなってきました。なぜかというと、第一に、夫人はたいそうみにくい人だったから、第二に、夫人はアリスの肩(かた)にあごをのせるのにちょうどよい背(せ)の高さで、しかもそのあごのさきがはらはらするほどとがっていたからです。でも邪険(じゃけん)にはしたくなかったので、いっしょうけんめいがまんしていました。

「こんどのクロッケーはさっきよりもうまくいってるみたいですね」アリスは、会話をもたせるために、とりあえずそういいました。

「そのとおりだよ」と公爵(こうしゃく)夫人はあいづちをうって、「で、その教訓(きょうくん)は――『おお、それは愛、愛こそが世界を動かす！』*」

「だれかさんがいってましたけど」★アリスは小声でいいました。「ひとりひとりが他人のおせっかいをしないこと、それが世界を動かすのだって」

＊　ダンテの「その愛が太陽と星々を動かす」(『神曲』最終行)を思わせるが，実は19世紀の流行歌の引用。なお，『神曲』も地下の国の旅である。

★　公爵夫人そのひと(第六章)。

「そう、そうだったね！　それもだいたい同じような意味よ」夫人はとがったあごをますますアリスの肩にくいこませてきました。「そしてその教訓は――『意味をだいじにせよ、そうすれば音は自分で自分をだいじにするであろう*』」

「この人って、ものごとに教訓を見つけるのが、ほんとに好きなのね！」アリスはひそかにあきれました。

「おまえ、どうしてわたしがおまえの腰に腕をまわさないのかって、そう思ってるんじゃないかい？」公爵夫人はちょっと間をおいて、また話しはじめました。「そのわけはね、おまえのそのフラミンゴの気性がどうも信用できないのさ。ちょっと実験してみようかの？」

「かみつくかもしれませんわ」そんな実験をしてほしいなどとはもうとう思わなかったので、アリスは予防線をはりました。

「まさにそのとおり」公爵夫人はいいました「フラミンゴもマスタードも人にかみつく。そしてその教訓は――『同じ羽色の鳥は集まる』」

「でも、マスタードは鳥じゃないわ」とアリスはつぶやきました。

「そのとおり。いつもおまえのいうとおりだよ。ほんとに、おまえときたら、

＊「音」(sound) より「意味」(sense) を，というこの教訓じたいが，「ペンス (pence) を大事にすればポンド (pound) はみずからを大事にするだろう」という格言のもじり，つまり音のあそび。ノンセンスの原理はむろん「意味より音を」である。

もののいいかたがはっきりしているねえ！」

「あれは鉱物――だったかしら」とアリスはいいました。

「もちろんそのとおり」公爵夫人はどうやら、アリスのいうことにはなんでも賛成しようという気分のようでした。「ここの近くに大きなマスタード鉱山がある。そしてその教訓は――『高山ほど谷は深い』」

「ああ、そうだわ！」最後のことばを聞いていなかったアリスは叫びました。

「あれは植物よ！　そうは見えないけど、そうなのよ」

「まったく同感じゃ。そしてその教訓は――『あなたがそう見えたいと思うものであれ』――あるいはもっとかんたんにいえば――『あなたがそうであったかまたはそうであり得たものはあなたが以前にそうだったところのものが人びとに別のものだと見えたであろうところのもの以外のものではないということがほかの人に見えるかもしれないもの以外のものではないと自分のことを想像してはならない』*」

「もし字に書いてみれば」アリスはたいへんていねいにいいました。「もっとよくわかると思うんですけれど。耳で聞いただけでは、とうていついていけませんわ」

＊　論理学のパロディ。「字に書けばもっとわかるかも」というアリスの期待がまちがっているのはごらんのとおり。むしろ記号か図で示すべきであろう。

「これくらいはなんてことない。その気になればもっともっとしゃべれるんだから」と公爵夫人は満足そうにいいました。

「いえ、どうかそれ以上長くなんて、ごむりなさらないで」

「なに、ごむりなどというにはおよばない！」公爵夫人はいいました。「いままでにいったことはみんな、プレゼントじゃからな」

「安っぽいプレゼントだこと！」アリスは心の中でつぶやきました。「誕生日にこんなプレゼントなんていままでもらったことがなくてよかったこと！」＊しかし、もちろん口に出していう勇気はありませんでした。

「また考えごとかな？」とがった小さいあごをさらにアリスの肩につきたてて、公爵夫人はたずねました。

「わたしだって、考える権利はあるでしょ」この相手が少しうるさくなりはじめてきたので、アリスは少々つっけんどんにいいました。

「そりゃあるとも」と公爵夫人はいった。「ブタが空をとぶ権利がある程度にはな。そしてその教――」

　ところが、ここでアリスがびっくりぎょうてんしたことには、お気に入りの「教訓」ということばのまっ最中に、公爵夫人の声がとぎれて、アリスと

＊　少なくともプレゼントに関しては「地上の国」のほうがいい，というわけ。

組んでいた腕がふるえはじめたのです。

アリスが見あげると、ふたりの目の前に女王が腕を組み、いまにも雷の落ちそうなしかめ面をして立ちはだかっていました。

「いいお日よりでございます。陛下！」公爵夫人はかぼそい声で弱々しくあいさつしました。

「よいか、おまえにはっきりと警告しておくぞ」足をふみならしながら女王は叫びました。「おまえがこの場から消えてなくなるか、それともおまえの首がおまえの胴体から消えてなくなるか、そのどちらかじゃ。それもあっというまじゃ。さあ、どっちをえらぶ？」

公爵夫人は前のほうをえらびました。つまり、一瞬のうちにその場から消えてなくなりました。

「さあ、ゲームをつづけよう」女王はアリスにいいました。アリスはあまりびっくりしたので、口をあんぐりあけたまま、ゆっくり女王のあとについてクロッケーの競技場へもどっていきました。

ほかの客たちは、女王のいないのをいいことに、木かげで休んでいました。しかし、女王の姿を見るやいなや、あわててゲームをつづけました。女王はただ、いささかでもおくれたら命はないぞと叫んだだけでした。

ゲームのあいだじゅう、女王はほかの競技者たちといい争ってばかりいました。「あの男の首をはねよ！」とか「この女の首をちょん切れ！」という叫びがいつも聞えていました。女王に宣告をくだされた人びとは、兵隊たちによって警察へ引き渡されるのですが、兵隊たちはこの任務を果すために、アーチの役をやっていたのをやめてしまいます。

というわけで、三十分もたつと、アーチはまったくなくなり、王様と女王とアリス以外の競技者はぜんぶ留置され、処刑を待つ身となっていました。

そこで女王はゲームをやめ、大きく息をつきながら、アリスにいいました。

「おまえ、ウミガメモドキ*を見たことがあるかい？」

「いいえ、なんですか、それ？」

「ウミガメモドキスープを作るものじゃ」

「見たこともないし、聞いたこともありません」

「ではこちらへおいで。ウミガメモドキに自分の生い立ちを話させよう」

女王といっしょにそこを去るとき、アリスの耳に、王様が低い声で一同に「みんな無罪放免じゃ」といっているのが聞えました。

＊　ウミガメスープ（turtle soup）は高価なので，コウシを使って作るのがウミガメモドキスープ（mock-turtle soup）。ここではモドキがウミガメと結びついてしまった。挿絵ではこの珍獣はウミガメの胴体，コウシの首と足をもつ。

「まあ、よかったこと！」アリスはひとりごとをいいました。女王が処刑を命じたたくさんの人のことがとても気になっていたからです。

ふたりはまもなく、日なたに寝そべってぐっすり眠りこんでいるグリフォン*のところへやってきました（グリフォンがどんなものか知らない人は、さし絵をごらんください）。

「起きるんじゃ、なまけものめ！」女王はいいました。「そしてこの若いご婦人をウミガメモドキのところへ連れていって、生い立ちの物語を聞かせてあげるんじゃ。わたしはこれからもどって、命じておいた処刑の監督をしなくてはならんからの」

そういって、女王はアリスをグリフォンのところに残して、帰りました。

アリスはこの生き物の姿形が気に入ったわけではありませんが、まあ、おおざっぱにいって、この怪獣といっしょにいるほうがあの暴君についていくのより危険だとも思えなかったので、その場にとどまりました。

グリフォンは起きあがって目をこすりました。女王のうしろ姿が見えなくなるまでじっと見つめていましたが、それからくすくす笑いました。

「けっさくだよな、まったく！」グリフォンは半分は自分に、半分はアリス

＊　ワシの首と翼，ライオンの下半身をもつ神話的怪獣。中世ではキリストにおける神と人の合一の象徴だった。オクスフォードのトリニティ・カレッジの紋章。キャロルはこのころリデル姉妹に紋章学の本を贈って興味をもたせようとしていた。

にむかって、いいました。

「なにがけっさくなの？」アリスはたずねました。

「なにがって、あの人がさ。みんなあの人の幻想なんだよ、あれは。あの人、ほんとうはだれも処刑なんかしやしないのさ。おいで！」

「ここではだれもかれも、わたしに『おいで！』というのね」ゆっくりあとからついて行きながらアリスは考えました。「こんなふうにやたらに命令されてばかりいるなんて、生れてはじめてよ、ほんとに！」

いくらも行かないうちに、せまい岩棚に悲しげにひとりぽつんとすわっているウミガメモドキが、遠くのほうに見えてきました。もっと近づくと、心がはりさけそうなため息をついているのが聞えました。アリスはとてもきのどくになりました。「なにを悲しんでいるのかしら？」

グリフォンはさっきとそっくりのことばで答えました。「みんなあいつの空想なんだよ、あれは。あいつ、ほんとうは悲しいことなんかありゃしないのさ。おいで！」ふたりは涙のいっぱいたまった大きい目でなにもいわずにこちらを見つめているウミガメモドキのそばへ行きました。

「ここの、この若いご婦人がな、おまえさんの生い立ちをお聞きになりたいとよ」とグリフォンがいいました。

「お話しよう」ウミガメモドキは、低い、うつろな声でいいました。「まあ、すわって、ふたりとも。ただね、いいかい、話が終るまで、ひとこともさしはさまないでもらいたいんだ」

そこでふたりは腰をおろし、数分間はだれも口をききませんでした。アリスはひそかに思いました。「へんなの。お話がはじまらないじゃない。はじまりもしないのに、いつ終るっていうの？」

でもアリスはしんぼう強く待っていました。「むかしはなあ――」深いため息をつきながら、ウミガメモドキはやっとはじめました。「わたしは本物のウミガメだった」

このことばのあと、長い長い沈黙がつづき、それをやぶるのはグリフォンがときどきあげる「ヒュイックルルー！」*という叫びと、ウミガメモドキがひっきりなしにつづける重いすすり泣きの声だけでした。

アリスはもう少しで立ちあがって、「ありがとうございました、とってもおもしろかったわ、いまのお話」といいそうになりましたが、それにしても、もっと先があるはずだと思わずにはいられなかったので、じっとすわってな

* Hjckrrh!

にもいわずにいました。

「わたしたちが小さいころ――」やっとのことでウミガメモドキは話のつづきをはじめました。あいかわらず、ときどきちょっとすすり泣きがまじりますけど、とにかく物語はつづきそうです。「わたしたちは海の中の学校にかよっていた。先生は年とったウミガメだったが――みんなはいつも『カメ』と呼んでいた――」

「なぜカメなんて呼ぶの、カメじゃないのに?」アリスはたずねました。

「わたしたちの知識をたかめてくれるからカメと呼んだんだよ*」ウミガメモドキは急にかんしゃくを起こしました。「ほんとにおまえはなんてにぶい子なんだ!」

「そんな無知な質問をして、自分が恥ずかしくないのかい、おまえさん?」とグリフォンが追いうちをかけました。そしてふたりはだまってすわったまま、あわれなアリスをじっと見つめたので、アリスは地面の中にもぐりたい気分でした。やっとグリフォンがウミガメモドキにいいました。

「先へおすすみよ、おまえさん。これじゃ、日が暮れちまうぜ!」

そこでウミガメモドキは次のようにつづけました。

＊ 原文では tortoise（カメ）と taught us（わたしたちを教えた）が同じ発音。このしゃれはウィトゲンシュタインのお気に入りだったという。

「そうだ、わたしたちは、海の中の学校へかよっていた、おまえさんには信じられないかもしれないが――」

「そんなこといわなかったわよ！」アリスが口をはさみました。

「そんなこといったさ」ウミガメモドキがいいかえしました。

アリスがまたなにかいうよりさきに、グリフォンが「だまれ！」といいました。

「わたしたちは最高の教育を受けた」とウミガメモドキはつづけました。

「じっさいわたしたちは毎日、日中は学校で勉強して――」

「わたしの学校だって夜学じゃありませんでしたからね」とアリスはいいました。「そんなにじまんすることないわよ」

「特別科目もあったのかい？」ウミガメモドキは、気になるのか、そう聞きました。

「そうよ。フランス語と音楽を習ったわ」

「じゃ洗濯は？」ウミガメモドキはたずねました。

「そんなもの、あるはずないでしょ！」アリスは腹を立てていいました。

「ああ！　それじゃおまえさんのはほんとうにいい学校とはいえないね」ウ

ミガメモドキはほっとした調子でいいました。「それにひきかえ、わたしたちの学校じゃ、授業料の明細書の終りに『フランス語、音楽、洗濯——以上は特別』とついてたんだからね」

「洗濯の必要はあまりなかったでしょうね。だって海の底に住んでいたんでしょう？」

「わたしには習いたくてもお金の余裕がなかったんだ」ため息をつきながらウミガメモドキはいいました。「だからふつうの科目をとっただけだった」

「どんな科目？」アリスはたずねました。

「まず、国語は酔いかたとかみかた*だよ、もちろん。それから算数のいろいろさ——イイコノワタシ算、ワルイコノソウシキ算、イッパイヒッカケ算、それとクルクルメガマワリ算」

「ヒッカケってどういうこと？」

グリフォンはおどろいて目を丸くしました。「ヒッカケを知らないって？しかしイッパイクワセルなら知ってるだろう？」

「ええ」アリスは自信なさそうにいいました。「つまり、その、だれかをだますことでしょう？」

＊ 以下，原文では Reeling (<Reading), Writhing (<Writing), Ambition (<Addition), Distraction (<Subtraction), Uglification (<Multiplication), Derision (<Division)。

「そうだ。それじゃ、イッパイヒッカケルを知らないはずはないさ。おまえさんはばかだね」

アリスは、いかにもお酒の好きそうなグリフォンの顔を見て、「イッパイヒッカケ算」が「酔いかた」となにか関係のありそうな気がふとしましたが、この件についてこれ以上質問をするのも気がひけたので、ウミガメモドキのほうにむきなおっていいました。

「ほかにはどんな科目を習ったんですか?」

「そうだね、溺死*があった」ウミガメモドキはひれを使って、科目をかぞえながら、答えました。

「古代の溺死と現代の溺死ね。それと世界チリヂリというのがいっしょになっていた。それから図画島工作という名前の年寄りのアナゴの先生がいてな、この図画島先生が週一回、ストレッチつまり躁病法と、ガマブラエつまりガマの油で絵を描く方法を教えてくれたもんだ」

「それ、どういうふうにやるの?」アリスはたずねました。

「どうっていったって、今やって見せることはできないよ」ウミガメモドキはいいました。「なにしろ近ごろはガマがいなくなったし、この体がきかな

＊ 以下 Mystery (<History), Seaography (<Geography), Drawling (<Drawing), Stretching (<Sketching), Fainting in Coils (<Painting in Oils)。なお当時リデル姉妹の「週一回」の絵の先生だったジョン・ラスキンもアリスに興味をもっていた。

くなっちまった。それにグリフォンは習ったことがないし」

「時間がなかったんだ」とグリフォン。「だけど、わたしゃね、古典の先生のところには行ったんだよ。蟹江先生、年とったカニの先生だったな」

「あの先生には、わたしは教わらなかった」ウミガメモドキは、ため息をつきながらいいました。

「ゲラゲラテン語の喜劇とギリギリシア語*の悲劇を教えていたんだってね」

「そうだった、そうだった」とこんどはグリフォンがため息をつきながらいいました。そして、そろって前足で顔をおおいました。

「それでおさらいは一日に何時間やったの？」話題をかえようと思って、アリスはいそいで聞きました。

「第一日目は十時間」ウミガメモドキはいいました。「次の日は九時間、以下同様」

「なんてかわった勉強法なの！」アリスは叫びました。

「だからおさらいっていうのさ」グリフォンが説明しました。「毎日さらうたびに減っていくからね★」

　こういう考えかたは、まったくはじめてのものだったので、アリスはすっ

＊　原文は Laughing（<Latin）と Grief（<Greek）。

★　原文は lesson（授業）と lessen（減る）。「時限＝時減」と訳す手もあろう（柳瀬尚紀訳）。

かり感心してしまいました。しばらく考えてから、アリスはこういいました。

「すると、十一日目はお勉強なしだったでしょう?」

「もちろんそうさ」とウミガメモドキは答えました。

「それじゃ、十二日目はなにをしてたの?」アリスは熱心にたずねました。

「おさらいの話はもういい」グリフォンがきっぱりした口調でさえぎりました。「こんどは遊びの話をしてやれよ」

第十章

THE LOBSTER QUADRILLE

エビのカドリーユ

ウミガメモドキは深々とため息をついて、一枚のひれを目に押しあてました。それからアリスを見つめて、話をしようとしましたが、しばらくはすすり泣きで声がつまって、口がきけませんでした。

「骨がのどにささったときと同じだな」

グリフォンはそういうと、のりだしてウミガメモドキの体をゆすったり、背中をたたいたりしました。やっとウミガメモドキは声が出るようになり、ほおを涙でぬらしながら、また先をつづけました。

「おまえさん、海の底で暮したことはないかもしれんし」(「ないわ」とアリスはいいました)。「また、エビに紹介されたこともないかもしれんが」(アリスは「一度たべたことが――」といいかけましたが、あやうく思いとどまり、「ええ、ないわ」といいました)。「そういう人間には、エビのカドリーユ*がどんなに楽しいものか見当がつくまいな!」

「ええ、ぜんぜん。どんなダンスなの?」

「それはね」とグリフォンが口をはさみました。「海辺でまず一列になって――」

「二列だよ!」ウミガメモドキが大声でいいました。「アザラシとか、ウミ

＊　19世紀に流行したスクエア・ダンス風な社交ダンス。リデル姉妹たちも習っていた。

ガメとか、そういった顔ぶれでな。さて、それから、クラゲを追いはらってから――」

「これがまたいつも手間どるんだがね」グリフォンがまた注釈を加えます。

「二歩前進――」

「それぞれエビと組んでね」とグリフォン。

「もちろんさ」とウミガメモドキ。「二歩前進。パートナーと踊って――」

「相手のエビをとりかえ、次にもとの組にもどる」とグリフォンがつづけます。

「それから、いいかい」とウミガメモドキがうけて「投げるんだ――」

「エビをだぜ！」とグリフォンが空中にとびあがって叫ぶ。

「できるだけ遠く、海の沖のほうへ――」とウミガメモドキも興奮する。

「そのあとを追って泳ぐんだ！」とグリフォンの絶叫。

「海の中でとんぼがえり！」ウミガメモドキも、がむしゃらにはねまわりながらわめく。

「また相手のエビをとりかえる！」グリフォンがかな切り声をあげる。「つぎに陸へもどる――以上が最初のステップだ」

　ウミガメモドキの声は、そこで急に低くなりました。いままで気が狂ったみたいにはねまわっていたふたり、というか、二匹の生き物は、とても悲しそうな顔になってすわりこみ、だまったまま、アリスのほうを見ました。

「さぞすてきなダンスでしょうね」アリスはおそるおそるいいました。

「ちょっとだけ見たいかい？」ウミガメモドキが聞きました。

「ええ、ぜひとも」とアリス。

「じゃあ、最初のところをやってみせようか」ウミガメモドキはグリフォンにいいました。「エビがいなくたってできるのさ。どっちが歌う？」

「そりゃ、あんただよ」とグリフォン。「わたしは歌詞を忘れちゃったんだ」

　そこで、ふたりはアリスのまわりをまわりながら、おおまじめに踊りはじめました。ときどき、アリスの足先をふむほど近づいては、拍子をとるのです。踊りながら、ウミガメモドキはとてもゆっくりと悲しげにこんな歌をうたいました。

　タラがカタツムリにいいました
「もちっと早く歩いてくれない？

イルカがぴったりうしろにくっついて
ぼくの尻尾を踏むんだよ
ウミガメたちもエビたちも
ほうらあんなにいそいそと
海辺をさしていそいでる
あそこでみんな待っている
きみもどうだい踊っていかない？
どうだい　いやかい　どうだい　いやかい
どうだい　ひとつ踊ったら？
どうだい　いやかい　どうだい　いやかい
どうだい　ひとつ踊ろうよ

きみにはとうていわかるまい
エビやなんかといっしょにさ
ぐいとつかまれ　沖のほうへ
ぽーんとほうりだされるとき

どんなにすてきな気分かって」
だけどカタツムリはむっつりと
「だめだ　遠いよ　遠すぎる！
きみの誘いはかたじけないが
踊りはまっぴらごめんこうむる
断じてまっぴら　断じてまっぴら
踊りはいやだ
断じてまっぴら　断じてまっぴら
踊りはだめだ」

タラはしつこくくいさがり
「いくら遠くったっていいじゃないか？
だってそうだろ　かなたには
べつの陸地があるんだもの
このイギリスから遠くなりゃ
それだけフランスに近くなる

だからわが友カタツムリくんよ
そんなに顔色かえないで
きみもどうだい踊(おど)っていかない？
どうだい　いやかい　どうだい　いやかい
どうだい　ひとつ踊(おど)ったら？
どうだい　いやかい　どうだい　いやかい
どうだい　ひとつ踊(おど)ろうよ＊」

「ありがとう、とてもおもしろいダンスだったわ」やっとダンスが終って、心中ほっとしながら、アリスはいいました。「それに、あのタラの歌もへんてこりんで、とっても気に入ったわ！」

「そうだ、タラといえば、――もちろん見たことがあるよね？」

「ええ、よく見たことがあるわ、お食★――」アリスはここでいそいで、ことばを中断(ちゅうだん)しました。

「オショクなんて場所は知らないけどね」とウミガメモドキはいいました。「そんなにたびたび見たことがあるんなら、もちろんどんなものか知ってい

＊「ぐいとつかまれて沖のほうへほうりだされる」踊りの快感への憧れと，かたくなな拒否反応と。キャロルは踊り嫌いだった。本歌はM・ハウイットの「クモとハエ」。
★　at dinner といいかけてやめた。

るね」

「ええ、まあ」アリスはしんちょうに答えました、「尾(お)を口の中にくわえたかっこうで、体じゅうにパン粉がまぶしてあるでしょう?*」

「パン粉については、まちがっているね」ウミガメモドキがいいました。「パン粉はみんな海で洗(あら)い流されてしまっているよ。ただし、尾(お)はたしかに口の中にくわえている。その理由は――」ここでウミガメモドキはあくびをして目を閉(と)じ、グリフォンにいいました。「理由については、おまえさんが話してやれよ」

「その理由というのはつまり」とグリフォンはいいました。「タラはエビといっしょに踊(おど)りに行くことにしたんだ。それで沖(おき)のほうへ投げとばされた。それで空中をずっと落ちていかなくちゃならなかった。それで尾(お)をしっかり口の中にくわえていた。それで二度と出せなくなってしまった。そういうわけさ」

「ありがとう」とアリスはお礼をいいました。「とてもおもしろくてためになったわ。前はタラについてこんなにいろんなことを知らなかったわ」

「もし聞きたければ、もっといろいろ話をしてあげてもいいぜ」グリフォン

＊　タラは当時いつもこんなふうに料理されていた。

がいいました。「なぜタラと呼ばれるのか知ってるかい?」

「考えたこともないわ。なぜなの?」

「タラコを知ってるかい?」

「タラコなら知ってるわ」

「タラコの親だからタラっていうのさ*」

アリスは、これでは説明にならないと思いましたが、そういうかわりに、

「ではね、グータラっていうのもタラの一種?★」とたずねました。

「そうさ、あれはとても上等なタラさ。そのくらいのこと、子エビだって知ってるぜ」グリフォンはいささかじれったそうに答えました。

「もしわたしがタラだったら」まだ歌のほうに気をとられているアリスはいいました「イルカにきっとこういったでしょうね、『あっちにいっててちょうだいな。あなたに用はないのよ!』」

「イルカとは縁をきるわけにはいかなかったんだよ」ウミガメモドキがいいました。「タラにかぎらない。あらゆる生き物にとって、イルカと縁をきることはできないのさ」

「まあ、ほんとう? どうして?」アリスはすっかりおどろいてしまいまし

* 原文ではタラ (whiting) と靴みがき (blacking) のしゃれ。

★ 原文では，sole (靴底，ヒラメ) やheel (かかと，eel ウナギ) のしゃれ。

た。

「なにものにとっても、そこに自分がいるかどうかは大問題だからさ。『いるか？』を否定すれば『いない』ことになってしまう」

「『イルカ』と『いるか』はちがうんじゃないの？*」とアリスは聞きました。

「ちがうもちがわないもない。『イルカ』は『いるか』さ」ウミガメモドキは少し気分をそこねたような答えかたをしました。ちょうどそのとき、グリフォンが口をはさみました。

「さあ、こんどはきみの冒険談を聞かせてくれよ」

「わたしの冒険談？　ええ、けさからのことならできるわ。でもきのうまでさかのぼると、もうだめなの。だってわたし、別の人間だったんですもの」

「わからんね。どういうことかすっかり説明してくれよ★」とウミガメモドキがいいました。

「だめだめ！　まず冒険談だよ」グリフォンがじれったそうにいいました。「説明っていうのは、時間ばかりかかってしようがない」

　そこで、アリスは最初にシロウサギを見たところから話しはじめました。

二匹の生き物が両側にぴったりとすわって、目と口を大きくあけているので、

＊　原文では，porpoise（イルカ）と purpose（目的）のしゃれ。このあたりの拙訳は谷川俊太郎氏の詩「いるか」とハムレットの‘To be or not to be’を意識している。

★　青虫とのやりとり（第五章）参照。

はじめのうちアリスは少しびくびくしていました。でも、話が進むにつれて勇気が出てきました。

ふたりの聞き手はじっと耳をかたむけていましたが、アリスが青虫にむかって「ウィリアム爺どの」を暗唱したとき、似ても似つかぬことばが口から出てきてしまったというところにくると、ウミガメモドキが大きくため息をつき、「そいつはじつに奇妙だ」といいました。

グリフォンも「そんなに奇妙なことってめったにあるもんじゃない」とあいづちをうちました。

「似ても似つかぬことばが出てきたっていうのか！」ウミガメモドキは考えこみながらつぶやきました。「こんどはなにかひとつ、暗唱してもらおうか。おい、はじめるように、おまえさんからこの子にいってくれよ」ウミガメモドキはグリフォンのほうを見ていいました。まるでアリスがグリフォンのいいなりになると思いこんでいるみたいでした。

「さあ、立って『なまけものの声がする』*を暗唱してごらん」とグリフォンがいいました。

「ここの生き物たちときたら、みんなして命令したり、おさらいをさせたり、

＊　アイザック・ワッツの教訓詩。「なまけものの声がする／耳をすませばぼやいている／〈きょうの起こしかたは早すぎる／ベッドにもういちど戻らにゃなるまい〉／ドアなら蝶番で裏返るところだが／彼はベッドで寝返りをうち……」

ほんとにあきれたわ！」アリスは思いました。「こんなことなら、いっそ学校に行ってるほうがましだわ」

　それでもアリスは立ちあがって、暗唱しはじめました。ただ頭がエビのカドリーユのことでいっぱいだったので、自分でなにをいっているのかもわからないくらいでした。頭に浮かぶことばも、じっさい、とても奇妙なものでした。

エビの声がする
耳をすませば　いっている
「きょうの焼きかたはきつすぎる
髪に砂糖をまぶさなきゃなるまい」
ガチョウなら眼瞼を使うところだが
彼は鼻でベルトをしめ　ボタンをかけ
しかるのちに足の爪先をそりかえらせる
砂浜の乾いているときは
彼はむしょうにはしゃぎ

サメについて侮蔑（ぶべつ）をこめて語る
だが上（あ）げ潮（しお）になって
サメたちがあたりをうろつきはじめると
彼（かれ）の声はあわれにもふるえてくる

「これはぼくが子どものころ暗唱していたのとちがうよ」グリフォンがいいました。

「そうだな、わたしはいまはじめて聞く歌だが」ウミガメモドキはいいました。「それにしても、これほどばかばかしいナンセンスはめずらしいと思うね*」

アリスはものもいえず、両手で顔をおおってすわりこんでしまいました。ああ、はたして、ものごとがふたたびふつうに起こるようになる日が、いつかくるのでしょうか。

「いまの歌詞（かし）の説明をしてほしいね」とウミガメモドキがいいました。

「説明なんてこの子にできやしないよ」グリフォンがいそいでいいました。

「次の節へ進んでおくれ」

* このコメントは，拡大すれば「ナンセンス」物語としての『アリス』全体にあてはまる。

「待てったら。ねえ、足の爪先っていったろう」ウミガメモドキはしつこくいいました。「どうやって鼻で足の爪先をそりかえらせることができるんだ？　ええ、どうなんだい？」

「それはダンスを習うときの最初の姿勢よ」アリスはいいました。でも、頭がすっかりこんがらかってしまったので、早く話題をかえたいと思いました。

「次の節をやってくれよ」グリフォンがくりかえしました。「でだしは『庭さきを通りがかりに』だよ」

アリスは、またとんでもないことばが口から出るにちがいないという気がしました。しかしグリフォンにさからう勇気はありませんでした。そこで、ふるえ声でつづけました。

庭さきを通りがかりに片目で見れば＊
フクロウとヒョウが向かいあい
一つのパイを食べていた
パイの皮と中身と肉汁を
ヒョウがひとりでたいらげると
フクロウは皿をいただいた
パイがすっかり姿を消すと
かたじけなや　フクロウは

＊　ワッツの詩では「庭さきを通りがかりに見れば／いばらやあざみやさんざしが／ぼうぼう茂って荒れ放題……」

スプーンを贈られた
ヒョウはといえば　唸りながら
ナイフとフォークを手に取って
これが宴の終りとばかり
フクロウを＊

そこまできたとき、ウミガメモドキがさえぎりました。

「説明つきでやらないかぎり、こんなしろものを暗唱しても、無意味だね。こんなわけのわからないものは聞いたことがないよ！」

「そうだね、このへんでやめたほうがいいだろう」とグリフォンがいい、アリスも、これにはまったく異議がありませんでした。

「エビのカドリーユの別の踊りかたをやってみせようか？」グリフォンはつづけました。「それともウミガメモドキにもう一曲うたってほしいかい？」

「じゃあ歌をぜひ、もしウミガメモドキさんさえよろしければ」アリスが力をこめて答えたので、グリフォンはちらっときげんをそこねたようでした。

「ふん！　たで食う虫も好き好き★とはよくいったもんだ。おまえさん、『ウミ

＊　原文の最終行は And concluded the banquet by—で中断しているが，前行との脚韻から察すると，by のあとは eating the Owl にちがいない。弱肉強食の図である。
★　次ページ。

ガメスープ』の歌をうたってやったら？」

ウミガメモドキは深いため息をついて、涙（なみだ）にむせびながらはじめました。

すてきなスープ　とろりとみどり
熱いお鍋（なべ）で待っている
こいつはどうにもこたえられない
ゆうべのスープ　すてきなスープ！
ゆうべのスープ　すてきなスープ！

すーてきなスーープ！
すーてきなスーープ！
ゆうべのスープ
すてきすてきすてきな　スープ！

すてきなスープ　これさえあれば
肉も魚も　なくていい

189ページ★　ひとの好みはさまざまであって趣味というものはどうしようもない，ということわざ。「たで」は刺身のつまなどに用いる辛味の植物。

なにはなくても　すてきなスープ
なにをおいても　すてきなスープ
少しだけでも　飲みたいな

すーてきな　スーープ！
すーてきな　スーープ！
すてきすてきすてーきな　スープププッ*！

「もう一度コーラスぉを！」とグリフォンが叫び、ウミガメモドキがくりかえそうとしたちょうどそのとき、遠くから「裁判開始！」と叫ぶ声が聞こえてきました。

「おいで！」グリフォンは大声でいうと、アリスの手をつかんで、歌の終るのを待たずにいそいでかけ出しました。

「なんの裁判なの？」アリスは走りながら、あえぎあえぎたずねました。しかしグリフォンは、「おいで！」といってさらにスピードをあげるだけでした。ふたりのあとからは、いちじんのそよかぜが追いかけ、その風に運ばれ

＊　1862年8月1日の日記にキャロルはリデル姉妹が次の流行歌をうたってくれたと書いている。「すてきなお星お空にきらり／銀の光をそっと投げ……ゆうべのお星すてきなお星／すてきなお星すてきなお星……」

て、歌の文句がかすかに聞えてきました――じょうじょうともの悲しく、尾をひくようにながながと。

すてきすてきすてーきな　スープププッ！

第十一章

WHO STOLE THE TARTS?

だれがパイをぬすんだか？

アリスとグリフォンが到着すると、ハートの王様と女王が玉座についていて、そのまわりに大群衆が集まっていました。トランプのカードのひとそろいのほか、あらゆる種類の小鳥とけものたちです。ハートのジャックが鎖でしばられ、二人の兵士にはさまれて立っています。王様のそばにはシロウサギが片手にラッパ、片手に巻き物を持って、ひかえていました。

法廷のまんなかにはテーブルがすえられ、その上にはパイをいくつか並べた大皿がおいてありました。いかにもおいしそうだったので、アリスは見ただけでお腹がぺこぺこになってきました。

「裁判を早くかたづけて、あのパイをみんなにまわしてくれるといいのに！」アリスはそう思っていました。

しかし、そうなりそうな気配はいっこうにありません。しかたなくひまつぶしに、あたりを観察しはじめました。アリスはこれまでに裁判所へ行ったことはありませんでしたけれど、本で読んだことはありました。だから、たいていは名前を知っているものばかりでした。アリスはごきげんでした。

「あれが裁判官ね。大きなかつらをつけているもの」

ところで、その裁判官というのは王様でした。かつらの上に王冠をかぶっているので、なんだかきゅうくつな感じで、おまけにぜんぜん似合っていません。

「それから、あそこが陪審員席。あの十二匹の生き物は、（たしかに「生き物」としか、いいようがありませんでした。だって、ほら、四本足の動物もいれば、鳥もいるのですから）まちがいなく陪審員」＊

いささか得意顔のアリスは、この最後の単語を二、三回くりかえしてつぶやきました。自分ぐらいの年齢でこんなことばを知っている女の子はあまりいないだろうな、と思ったからです。まあ、たしかにそのとおりかもしれませんが、「陪審の人たち」といっても通じるんですよ。

十二人の陪審員は全員せっせと石板★になにか書いていました。

「みんななにをしているのかしら？」アリスはグリフォンにささやきました。「裁判はまだはじまっていないんですもの、まだなにも書くことなんかないでしょうに」

「あれはね、自分の名前を書いているんだよ」グリフォンが小声で説明しました。「裁判が終る前に忘れちまわないかと心配なのさ」

「ばかな人たちねえ！」アリスは思わず大声を出してしまってから、あわて

＊　欧米では，刑事裁判のさい，一般市民から選ばれた12名の陪審員が参加する。日本では大正12年から昭和18年までこの制度があった。

★　薄い粘板岩に木枠をつけ，石筆で書く。子どもの筆記練習用に使われた。

て口をおさえました。シロウサギが「法廷では静粛に！」と叫んだからです。そればかりでなく、王様もめがねをかけて、大声を出したふとどき者はだれか、ときょろきょろ見まわしています。

　アリスは、陪審員たちが「ばかな人たちねえ！」と書いているのがはっきり見えました（まるで彼らの肩ごしにのぞいていたみたいにはっきりと見えたのです）。中のひとりは「ばか」という字の書きかたがわからなくてとなりの人に聞いていました。

「このぶんだと、裁判が終る前にこの人たちの石板はすごくごちゃごちゃになってしまうんじゃない？」とアリスは思いました。

　陪審員のひとりがキイキイ音をたてるペンを使っていました。これにはアリスはがまんできなかったので、法廷の中をぐるりとまわってその陪審員のうしろにいき、すきをねらってペンをさっととりあげてしまいました。すばやくやったので、あわれな小さい陪審員（それはトカゲのビルでした）は、自分のペンがどうなったのか、キツネにつままれたような顔をしていました。ビルはそのへんをけんめいにさがしまわったあげく、あきらめて、それからずっと自分の指で書くしかありませんでした。これはあまりたしにならなかったでしょうね。だって指では石板にあとがつきませんから。

「伝令官、起訴状を読みあげよ！」王様がいいました。これに応じてシロウサギがラッパを三度吹きならし、次に巻き物をひらいて読みあげました。

　ハートの女王がパイ作った
　　夏のある日のことだった
　ハートのジャックがそのパイを
　　そっくり盗んで知らん顔*

「評決にとりかかれ」王様が陪審員にいいました。

「まだです、まだです！」シロウサギがあわててさえぎりました。「その前にやることがたくさんございます！」

「では第一の証人を呼べ」と王様が命じました。ウサギは三度ラッパを吹きならし、「第一の証人」と叫びました。

　第一の証人はあの帽子屋でした。彼は片手にお茶のカップ、片手にバタつきパンを持って法廷にはいってきました。

＊　有名なイギリス童謡。まず童謡があり，その結果ジャックが裁かれる。

「失礼いたします、陛下、このようなものを持ちこみまして」帽子屋は切り出しました。「お呼び出しがきたとき、まだお茶がすんでおりませんでしたので」

「すませておくべきであったぞ」と王様はいいました。「いったい、いつはじめたんじゃ？」

帽子屋は三月ウサギのほうを見ました。三月ウサギは帽子屋のあとから、ネムリネズミと腕を組んで法廷にはいっていたのです。「三月十四日だったと思います」帽子屋はいいました。

「十五日だよ*」と三月ウサギがいいました。「十六日だよ」とネムリネズミがいいました。

「書きつけておけ」と王様は陪審員にいいました。陪審員は熱心に三つの日づけをぜんぶ石板に書きつけ、それからその三つをたし算し、さらにそれをシリングとペンス★に計算しなおして書きとめました。

「帽子をぬげ」王様は帽子屋に命じました。

「これは、わたくしのではございませんので」帽子屋は答えました。

「盗んだのだな！」王様は叫び声をあげ、陪審員をふりかえりました。彼ら

＊　３月15日はシーザー暗殺の不吉な日。

★　1971年までイギリスの通貨は１ポンド＝20シリング，１シリング＝12ペンスだった。

In this
Style
10/6

ました（鎮圧というのはちょっとむずかしいことばなので、じっさいにどうおこなわれたかを簡単に説明しましょう。廷吏たちは、ひもで口をゆわえるようになっている大きな袋を持っていて、この中にモルモットを頭からつっこみ、それからそのうえにデンと腰をおろしたのです）。

「現場が見られてよかったわ」アリスは思いました。「新聞によく、裁判の終りに『いささか歓声をあげるものがいたが、廷吏によりただちに鎮圧された』って書いてあるけど、今まで、どうやるのかちっともわからなかったんですもの」

「おまえの知っていることがそれで全部ならさがってよろしい*」王様がいいました。

「これ以上はさがれません」と帽子屋がいいました。「ごらんのとおり、床にひざをついておりますもので」

「ならば、尻をつけばよかろう」

ここで別のモルモットが歓声をあげ、鎮圧されました。

「やれやれ、これでモルモットはかたづいたわ！」アリスは考えました。「これからはもっとはかどるでしょう」

* 原文 stand down は比喩的に「さがる」。文字どおりにいえば，すでに膝をついている姿勢からは，stand up または sit down（尻をつく）また lie down のいずれかしかない。

「よろしければお茶をすませてきたいのですが」帽子屋は、歌い手の名簿に目をとおしている女王のほうを不安そうにうかがいながらいいました。

「行ってよろしい」王様がいいました。

そこで帽子屋は靴をはく間ももどかしく、はだしのまま法廷から走り去りました。

「いいかい、いまの男、外へ出たところをつかまえて首をはねておしまい」という女王のことばに従って、廷吏のひとりがドアのところへいったところには、帽子屋の姿はあとかたもありませんでした。

「次の証人を呼べ！」王様がいいました。

次の証人は公爵夫人の料理番でした。手に胡椒入れを持って現れました。ドアの近くの人たちがいっせいにくしゃみをはじめたので、料理番の姿を見るまえから、アリスは、だれが呼び出されたのか見当がついていました。

「証言しろ」王様がいいました。

「まっぴらだね」料理番が答えました。

王様が心配そうな目つきをしたので、シロウサギは小声でいいました。

「陛下、この証人には反対尋問をなさらねばいけません」

「そうか、しなければいかんのなら、しなければいかんだろう」

王様はゆううつそうにいうと、腕組みをして、目が見えなくなるくらいに顔をしかめてから、深い声でいいました。「パイはなんでできておるのか？」

「胡椒です、主として」と料理番が答えました。

「糖蜜だよ」うしろで眠そうな声がしました。

「そのネムリネズミを逮捕せよ」と女王がかな切り声をあげました。「首をはねよ！　法廷からつまみ出せ！　鎮圧せよ！　つねってやれ！　ひげをちょん切れ！」

それからしばらくは、ネムリネズミを追い出すために、大さわぎでしたが、それがおさまったときには、料理番の姿は消えていました。

「かまわぬ！」王様はむしろほっとしたようすでした。「次の証人を呼べ」そして小声で女王にささやきました。「さあ、こんどは、おまえが反対尋問をやってくれ。あれをやると、わしゃ頭痛がしてくるのじゃ！」

アリスはシロウサギが名簿をいじっているのを見て、次の証人はだれだろうと好奇心でいっぱいでした。「だってまだたいした証拠は出ていないんですもの」

シロウサギが小さいキイキイ声をせいいっぱいはりあげました。それを聞いたアリスのおどろきを、まあ、想像（そうぞう）してあげてください。
というのは、呼（よ）ばれた名前はなんと――

「アリス！」

第十二章

ALICE'S EVIDENCE

アリスの証言（しょうげん）

「はい！」とアリスは大声で返事をしましたが、あまりとっさのことなので、少し前から自分の体がどんなに大きくなっていたかを、きれいに忘れていました。

あわてて起立したひょうしに、スカートのはじで陪審員席をひっくりかえしてしまいました。陪審員たちは全員、下にいる群衆の顔の上に降って落ち、落ちたところで手足をばたばたさせていました。アリスは、先週うっかり金魚鉢をひっくりかえしたときのことを思い出しました。

「まあ、ごめんなさい！」アリスはどぎまぎして、大きな声であやまってから、大いそぎで陪審員たちをひろいあげはじめました。なにしろ、金魚鉢のさわぎが頭にあったので、すぐにすくいあげて陪審員席へもどしてやらなければ、死んでしまうのではないかと思ったのです。

「陪審員全員がその席にもどらなければ、裁判はつづけられんぞ——全員だぞ！」王様がアリスをにらみつけながら、もったいぶった声で念をおしました。

アリスは陪審員席を見ました。いそいだために、トカゲのビルをさかさまに席につっこんでしまったようです。いつも運のわるいこの小さい動物は、

動きがとれなくて、尻尾（しっぽ）をふってもがいていました。それはあまり見ばえのする光景とはいえませんでした。アリスはただちにトカゲをひっぱり出して、ちゃんとしたむきにおきなおしてやりました。

「まあ、どうってことはないけれど。だってどっちが上だって、裁判（さいばん）に関係なさそうだもの」

陪審員（ばいしんいん）たちは、ひっくりかえったショックからいくらか立ちなおりました。石板やペンも見つかって、持ち主にかえされました。そこで、みんないっせいに、ただいまの事故（じこ）のてんまつを熱心に書きつけはじめました。ただし、トカゲだけは、すっかり腰（こし）をぬかして、仕事が手につかず、口をぽかんとあけて、法廷（ほうてい）の天井（てんじょう）を見あげているだけでした。

「いまのできごとについて、おまえはなにか知っているか？」王様がアリスにたずねました。

「なんにも」とアリスは答えました。

「まったくなんにもか？」王様はくいさがりました。

「まったくなんにも」アリスはくりかえしました。*

「これはたいそう重要なることじゃぞ」王様は陪審員（ばいしんいん）のほうをふりむいてい

＊　Nothing のくりかえし。リア王に対するコーディリアの答え参照。

いました。陪審員たちがこれを石板に書きつけようとしたとき、シロウサギがすかさず口をはさみました。

「重要ならざることだ――陛下はそういうつもりでおっしゃっておられるんでございましょう、もちろん？」

シロウサギの口調はたいへんうやうやしいものでしたが、じつは王様にむかってまゆをしかめていったのでした。

「重要ならざることじゃ――もちろん、わしはそういうつもりでいったんじゃ」王様はあわててそういってから、ぶつぶつとつぶやいていました。「重要なる――重要ならざる――重要なる――重要ならざる――重要なる――」

それはまるで、どちらのことばのほうがひびきがよいかをためしているみたいでした。*

ある陪審員は「重要なる」と書き、べつの陪審員は「重要ならざる」と書きました。アリスは石板をのぞきこめるくらい近くにいたので、それが見えたのです。アリスは心ひそかに思いました。

「でも、どっちだってどうせ同じことよ」

そのときです。さっきから手帳になにか書きつけていた王様が、「静粛

＊ important と unimportant のわずかな「音」の差を「意味」より重要視する言語的唯美主義か。ただし証人の「知らない」という証言が裁判上「重要」か否かいちがいに決められないとすれば，王様の迷いは正当か。

に！」と叫び、自分のメモを読みあげたのです。

「第四十二条。＊身長一マイル以上ノモノハ全員法廷カラ退去スベシ」

一同はアリスのほうを見ました。

「わたしは一マイルなんてありませんからね！」とアリスはいいました。

「あるとも！」と王様がいいました。

「二マイル近くある！」と女王がつけ加えました。

「そう？　どっちにしろ、わたしは出ていきませんからね」アリスはいいかえしました。「だって、これは正式の規則じゃないわ。あなたがたったいまでっちあげたのよ」

「これは本に書いてあるいちばん古い規則じゃぞ」

「それじゃ、第一条のはずよ」★

王様はまっさおになり、いそいで手帳をとじると、陪審員にむかって、「評決にかかれ」と命じましたが、その声はちょっとふるえていました。

「陛下、お待ちを。検討すべき証拠がございます」と大あわてにいったのは、シロウサギでした。「この文書がたったいま見つかったところです」

「なにが書いてあるのじゃ？」と女王がたずねました。

＊　42はキャロルの好きな数字。『スナーク狩り』の「まえがき」にある「第42条」，パン屋の置き忘れた42箇の箱。ほかにも，42歳の作中人物あり。

★　アリスの論法はみごとである。

「まだあけてみておりませんので。しかし手紙らしく思われます。被告が書いて、だれかに宛てた――」

「それはそうじゃろう」と王様がいいました。「手紙というものはだれかに宛てられておるにきまっておる、たいていはな」

「宛てさきはだれになっていますか」と陪審員のひとりがたずねました。

「宛てさきはありません」シロウサギが説明しました。「いや、おもてにはなにも書いてないのです」それから紙をひろげ、中を見てから、つけ加えました。「いや、これはけっきょくのところ手紙ではございません。詩のひとくさりでございます」

「それは被告の筆跡ですか？」べつの陪審員が質問しました。

「いいえ、ちがいます。そこがなんとも奇妙なのでございます」シロウサギはいいました。陪審員たちはそろってきょとんとした顔をしました。

「だれかほかの人間の筆跡をまねしたにちがいない」と王様がいいました。陪審員たちの顔が明るくなりました。

「どうか、わたしのいいぶんもお聞きください、陛下」とジャックがいいました。「わたしはそれを書いておりません。書いたという証拠があるでしょうか。終りに署名もないではございませんか」

「おまえが署名しなかったというなら」と王様はいいました。「ことはいっそうおまえに不利になるだけじゃ。つまり、なにかよからぬたくらみごとがあったからこそ、署名しなかったんじゃろう。さもなければ、正直者らしく自分の名前をちゃんと書いたであろうからな」

これを聞いて、法廷じゅうから拍手が起こりました。この裁判の開始以来、王様はいまはじめて賢明な発言をしたからです。

「それで有罪ときまったわ」と女王がいいました。「さあ、首を――」

「そんなの、なんの証拠にもなりはしないわ!」叫んだのはアリスです。「だって、なにが書いてあるのかだって、知らないじゃないの!」

「読め」と王様がいいました。

シロウサギはめがねをかけてから、聞きました。「どこからはじめましょうか、陛下?」

「はじめからはじめろ。そして終りになるまでつづけろ。それからやめるんじゃ」

法廷は水をうったように静まりかえりました。シロウサギの朗読がひびき

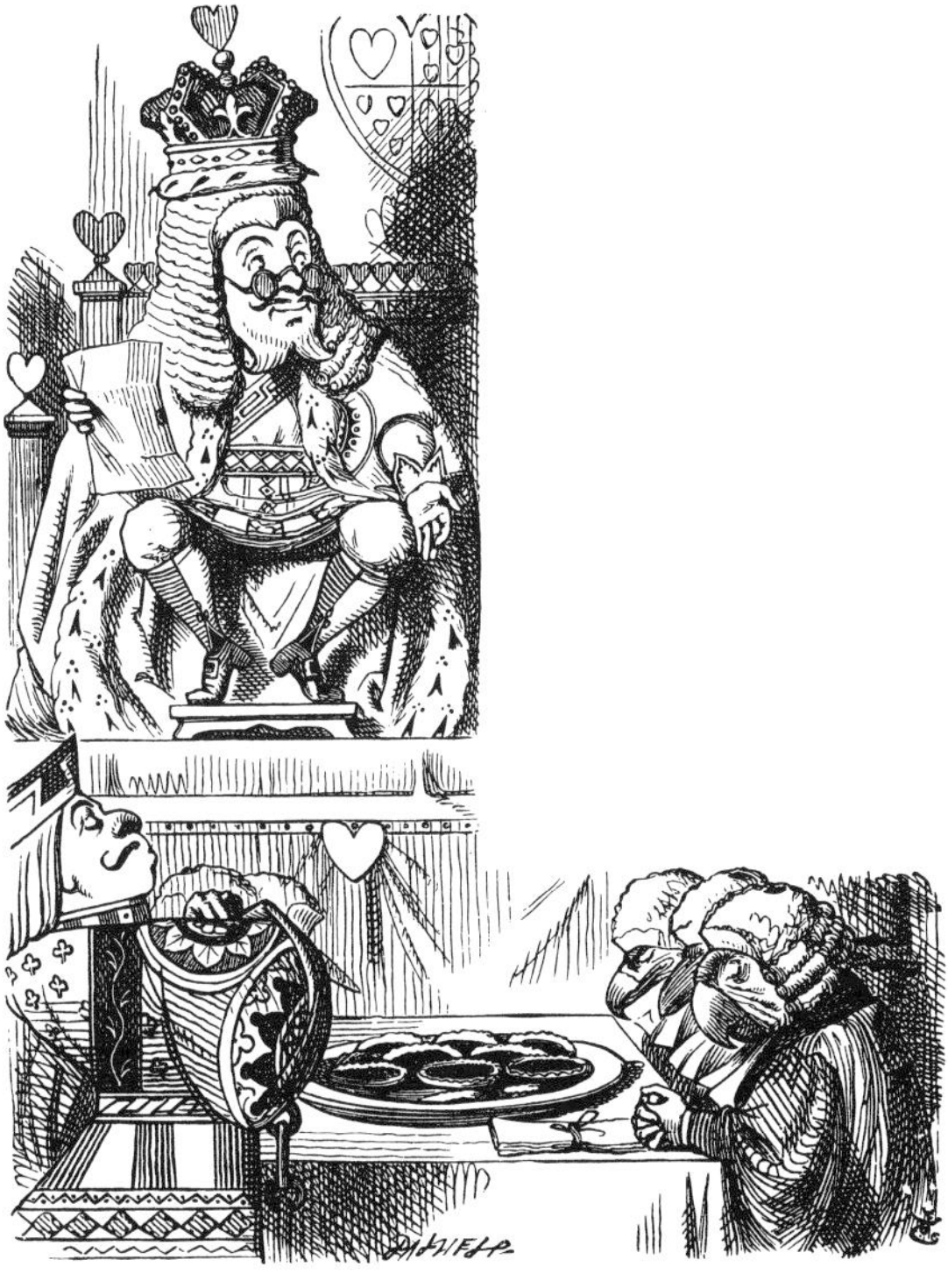

わたりました——

かれらから聞いたところでは、**きみ**は**彼女**のところへ行って
ぼくのことを**かれ**にしゃべったそうな
彼女は**ぼく**を褒めてはくれたが
泳ぎはだめなひとよといったとか

かれは**かれら**に**ぼく**が出かけなかったと伝えたが
(そのとおりだと**われわれ**も知っている)
もし**彼女**がこの一件をもっと深追いしてきたら
いったい**きみ**はどうなるだろう?

ぼくは**彼女**に一つやり　**かれら**は**かれ**に二つやった
きみは**われわれ**に三つ　いやもっとくれた
それらはすべて**かれ**から**きみ**にかえったわけだ
もとはといえば**ぼく**のものではあったのだが

もし**ぼく**か**彼女**がこの一件に
まきこまれることにでもなったら
昔の**われわれ**の姿へと
きみが**かれら**を放免してやるだろうと**かれ**は信じている

ぼくは思いこんでいた　**きみ**こそが
(**彼女**が例の発作を起こすまでは)
かれと**われわれ**と**それ**との
仲を裂く邪魔ものだったのだと

かれに知らせてはならぬ　**彼女**がいちばん好きだったのは**かれら**だと
なぜってこれは永久にほかのだれにもないしょの
きみと**ぼく**だけの秘密なのだ*

「これは、いままで提出された中で、いちばん重要な証拠というべきじゃ

＊　W・ミー作の感傷的詩「アリス・グレイ」の第１行だけを借用してキャロルが1855年に書いた詩の，これは再利用。意味ありげな事件は「代名詞の迷宮」に入って，完全に「意味」(証言能力)を失う。

な」王様は悦(えつ)にいって、手をこすりあわせました。「では、このへんで陪審員(ばいしんいん)に――」

「陪審員(ばいしんいん)の中でだれか、いま聞いたことを説明できる人がいて？」アリスはいどむようにいいました（この数分のあいだにとても大きくなっていたので、王様のことばをさえぎっても、ちっともこわくありませんでした）。「もしいたら、その人に六ペンスあげてもいいわ。わたしにいわせれば、あんなの、意味なんてこれっぽっちもないわ」

陪審員(ばいしんいん)たちはいっせいにめいめいの石板に、「彼女(かのじょ)にいわせればこんなの意味なんてこれっぽっちもない」と書きつけましたが、詩の意味を説明しようという者はいませんでした。

「もし意味がないのであれば」と王様はいいました。「じつに手数がはぶける。意味をさがす必要がなくなるからな。しかし、どうじゃろうか？*」

王様は詩をひざの上にひろげ、片目(かため)でそれを見ながら、ことばをつづけました。

「なんのかのといっても、やはりなにか意味があるように、わしには思われてならん。『――泳ぎはだめなひと』とあるな。おまえ、たしか泳げなかっ

＊　意味の不在にほっとしながら，やはり意味を探さずにはいられない王様は，『アリス』を読む読者（とくに注釈者）に似ている。

たな?」

ジャックは悲しそうに首をふりました。「泳げるように見えますでしょうか?」(たしかに、とうていそうは見えませんでした。だって、からだが厚紙でできているんですからね)。

「まあ、そこまではいいとしよう」

王様はそういって、小声で詩の文句をひろい読みしていきました。「『そのとおりだと**われわれ**も知っている』――これは陪審員のことじゃ、そうにきまっとる。『もし**彼女**がこの一件をもっと深追いしてきたら』――これは女王のことにちがいない。『いったい**きみ**はどうなるだろう』――まったくの話、どうなるじゃろうな。『**ぼく**は**彼女**に一つやり、**かれら**は**かれ**に二つやった』――よいか、やつが盗んだパイをどうしたかが、まさにここに書いてあるのじゃろうが――」

「でも、そのあと『それらはすべて**かれ**から**きみ**にかえったわけだ』とつづいていたじゃない?」

とアリスがいいました。

「まさにそこさ!　パイはあそこにある!」王様はテーブルの上のパイを指

さし、勝ちほこっていいました。「明々白々とはこのことじゃ。それからまた、『彼女が例の発作を起こすまでは』とある。ところで、おまえ、これまで発作を起こしたことはあったかな？」これは女王に聞いたのです。

「とんでもない！　一回もないわ！」女王はものすごいけんまくでいうと、陪審員席めがけてインクスタンドを投げつけました。もちろん、それはトカゲのビルにあたりました（不運なビルは、指で石板に書いてもなんのあともつかないので、書くのをやめていたのですが、顔からしたたりおちるインクを使って、なにやらせっせと書きはじめ、インクがなくなるまで書きつづけました）。

「では、発作うんぬんは、たとえ発作的にせよ、おまえにはあてはまらん*というわけじゃ」王様はにんまり笑いながら、法廷を見まわしました。せきばらいひとつ聞えません。

「いまのはしゃれじゃぞ、ばかものたちめ！」王様は腹立たしげにいいました。そこで一同はどっと笑いました。

「陪審員は評決にかかれ」王様のこの発言は、この日、もう二十回目くらいになるかもしれませんね。

＊　原文では fit（発作，あてはまる）のしゃれ。『スナーク狩り』では「発作」と「歌」の両義に用いている。

「だめだわ！」と女王がさえぎりました。「判決がさきよ。評決はあとから」*

「ばかばかしい！　ナンセンスよ！」アリスは声をはりあげました。「判決がさきだなんて、まったく！」

「おだまり！」女王は顔をまっかにしていいました。

「いやよ！」アリスはいいかえしました。

「このチビの首をちょん切れ！」女王がかな切り声でわめきました。でも、だれも動こうとしません。

「あなたなんて、平気よ」（このときアリスはすっかり本来の大きさにもどっていました）★。「あなたたちみんな、ただのカードじゃないの！」

そのとたんに、トランプのカードたちはのこらず空に舞いあがり、アリスの上に、降りかかってきました。アリスは思わず小さく叫びました。それは、なかばおびえた悲鳴でもあり、またなかば怒りの叫びでもありました。アリスはけんめいにカードをはらいのけ、たたきおとそうとしました――。

気がつくと、アリスは土手の上で、お姉さんのひざに頭をのせて横になっていました。お姉さんは、木の枝からアリスの顔の上にひらひらと散りかかる枯葉をやさしくはらいのけていました。

＊　陪審員の評決にもとづいて裁判長が判決をくだすのが本当。『鏡の国』では逆転はもっと徹底して，罰が最初，罪が最後にくる。
★　「アイデンティティ」回復の身体的感覚。

「起きなさい、アリス！　なんて長いお昼寝でしょうね！」

「あのね、わたしね、それはそれはおかしな夢を見ていたの！」

そういってアリスは、思い出せるかぎりくわしく、お姉さんに話してきかせました——いままであなたが読んできた不思議な冒険談を。

話が終ったとき、お姉さんはアリスにキスして、いいました。「たしかにおかしな夢だったわね。でも、もうお茶の時間よ。さあ、中にはいって、いただいてらっしゃい。おそくならないうちに」

アリスは起きあがって、走っていきました。そしていっしょうけんめい走りながら、なんてすばらしい夢だったのかしら、と思いました。

さて、お姉さんは、アリスのいなくなったあとも、じっとすわったまま、ほおづえをついて、入日をながめながら、妹アリスのこと、その不思議な冒険のことを考えていました。そしてやがて自分もつられて、自分なりの夢を見はじめました。それはこんな夢でした*——。

はじめに、彼女は幼い妹アリスのことを夢見ました。いつものように小さい手をひざの上に組んで、目をかがやかせて姉の顔を見あげている少女。その声のひびき、目にかぶさる長髪をはらいのけるために頭をさっとうしろへ

＊　夢の中の夢の中の……という構造は『鏡の国』でもくりかえされる。

ふるそのしぐさ――すべてが夢の中によみがえってきました。そして、その夢の中のアリスにお話をしてあげていると、あたりいちめんに、アリスが夢の中で出会った奇妙な生き物たちが現れてきて、急ににぎやかになってきました。

彼女の足もとの長い草がゆれると、シロウサギがあわてふためいて走りぬけていきました。近くの水たまりをぱしゃぱしゃと泳いで行ったのは、びっくりした顔のハツカネズミです。三月ウサギとその仲間が終ることのないパーティをやっている、その茶わんの音も聞えてきましたし、不運な家来やお客の首を切れと命じている女王のかな切り声もひびきわたりました。お皿がくだけ散る音にまじって、公爵夫人のひざの上でブタ赤ちゃんがくしゃみをしています。グリフォンの叫び、トカゲのペンのキイキイいう音、鎮圧されたモルモットのちっそくしそうなうめき声が、もう一度あたりの空気をつらぬきます。そうそう、かすかに聞えるのはあわれなウミガメモドキのすすり泣きではないでしょうか。

こうしてお姉さんは目を閉じてすわり、自分自身もなかば不思議の国にいるような気分になっていました。しかし、同時に、彼女は知っていました、目をあけさえすれば、すべてはたいくつな現実にかわってしまうということを。草はただささら風に吹かれているだけであり、池はあしのそよぎにつれて波立っているだけ。カチャカチャひびく茶わんはチリンチリンという羊のベルにかわり、女王のかな切り声は羊飼いの少年の声にかわる。赤ちゃんのくしゃみ、グリフォンの叫び声、そのほかの奇妙な音はぜんぶ――そう、彼女にはわかっていました――あわただしい農家の庭のいりまじった物音にかわってしまう。また、遠くから聞える牛のなき声が、ウミガメモドキのもの悲しいむせび泣きにとってかわる。

お姉さんの思いはなおもひろがっていきました。この同じ妹アリスがやがて自分自身成長したとき、どういうおとなになるだろうか。また、もっと年をとったアリスが、どのように子どものころの無邪気で愛にあふれた心をもちつづけていくだろうか。おそらく、アリスは子どもたちに囲まれて、いろいろな珍しいお話をして聞かせることだろう。そのなかには、たぶんずっと昔の不思議の国の夢物語もはいっているだろう。聞きいる子どもたちの目は、ひたむきな好奇心にかがやいていることだろう。そしてまた、物語っているアリスの胸は、子どもたちの幼い悲しみ、素朴な喜びとともにうちふるえていることだろう。それというのも、自分自身の子ども時代、とりわけあのしあわせな夏の日々を、いきいきと思い出すからなのだ……。

こんなふうに、お姉さんの夢想はいつまでもつづくのでした。

解説

物語への欲望(よくぼう)

黄金の昼さがりが生んだ黄金の物語

一八六二年七月四日の昼すぎ、オクスフォードの町からテムズ川上流へ小舟をくりだした五人組の一行がありました。ゴッドストウという小さな村まで二時間ぐらい、そこで岸に上って草原でおやつを食べてから、夕方までにオクスフォードに帰ってこようというわけです。

かわるがわるオールを握っているのは三人の少女たちで、ロリーナとアリスとイーディス。オクスフォード大学のクライスト・チャーチ学寮の学寮長リデル博士の娘たちです（博士は今日でも使われているギリシア語辞典の編者でした）。彼女たちと向いあってボートの最後尾に坐っている若い男は、同じ学寮のフェロー（オクスフォードやケンブリッジの学寮の中に暮している特別研究員）で大学の数学の講師をしているチャールズ・ラトウィジ・ドジソン。もう一人、あいだにはさまっているのはトリニティ学寮のフェローのダックワース。

少女たちは舟を漕ぎながら、くちぐちにせがんでいます。「ねえ、ミスター・ドジソン、お願い、お話を聞かせて！」……。

ドジソン先生からルイス・キャロルへの変貌

チャールズ・ラトウィジ・ドジソンの筆名がルイス・キャロルでした。チャールズ・ラトウィジ→カロルス・ルドヴィクス→キャロル・ルイス→ルイス・キャロルという経路で作り出したのですが、彼は人の名前をいろんなふうにいじる（解体して再構成する）のが好きだったようです。ともあれ、実生活では羽目をはずすことのない几帳面な学者ドジソン氏が、ルイス・キャロルという仮面をかぶると、子どもたちを相手にとほうもなく羽目をはずした物語を書く作家に変身してしまうのでした。

ボートの上で仲よしの三人姉妹にせがまれて、とくにお気に入りの次女アリスを主人公にした「お話」を即興的に話しはじめた「ミスター・ドジソン」は、だんだんとルイス・キャロルに変っていきました。ピクニックのあと、さっそく話したことのメモをとり、それをもとにして、何か月もかかって美しい手書きで清書しました。三十七枚の挿絵もぜんぶ自筆。最後のページには自分が撮ったアリス・リデル七歳の誕生日の写真を貼りました。『アリスの地下での冒険』と題された、世界に一冊しかないこの手作りの本を、翌年の誕生日のプレゼントに贈られた少女はどんなに喜んだことでしょう。もともと「あのお話を書いて！　読みたいの！」とねだったのは彼女だったのです。

　しかしルイス・キャロルへの変身が完成するには、さらに二年ほどが必要でした。手書きの『アリスの地下での冒険』を二倍の長さに書きなおした『アリスの不思議の国での冒険』（通称『不思議の国のアリス』）が、大手のマクミラン社から出版されたのは、一八六五年のことです。巻頭に付した「献詩」で、作者は三年前の「黄金の昼さがり」をなつかしく喚びおこし、その輝きにくらべればこの書物は「聖地を訪れた巡礼者の頭上のしぼんだ花冠」にすぎないと言っています。しかし実はこの完成された物語こそ、作家ルイス・キャロルがあの「昼さがり」（実際の記録では「曇り」だったそうです）に献げることのできた最も燦然たる「黄金の」冠でした。

　愛する少女の「お話」のおねだりは、こうして作家の「物語」完成の執念によって最終的に応えられたのです。

アリスが求めつづけた「お話」のかずかず

そういえば、『不思議の国のアリス』を読みはじめて驚くことの一つは、お話＝物語を聞きたがったり聞かせたがったりする場面が多いことではないでしょうか。

アリスが「ネコやイヌの話」をしようとすると、ハツカネズミはふるえあがって、逆に「わしの身の上話をしてあげる」といい、有名な「長い尾はなし」をします。ハトや、気ちがい帽子屋や、ウミガメモドキが、アリスをつかまえて「身の上話」を聞かせます。ほかの連中にしても、たとえば青虫が蝶になるまでの変身物語を秘めているように、みんな自分の「お話」をもっているように思えます。

彼らの「お話」があまりへんちくりんなので、アリスは辟易して逃げ出したくなることもありますが、にもかかわらず、そういう「お話」をアリスが聞きたがっていることも確かです。そもそも最初のところで、お姉さんが読んでいる古いタイプの「物語」に愛想をつかして、シロウサギを追って駆け出したアリスは、意識せずに新しいタイプの「物語」を求めていたのではないでしょうか。それはまだ書かれていない物語なので、アリスは読むわけにはいきません。読む代りに、それを体当りで冒険し、経験し、演じていかなくてはなりません。そのまっさいちゅうに、アリスは呟きます。

「ほんとにわけのわからないことばっかり！　前におとぎ話を読んでいたときは、そこに出てくるようなことは起こらないにきまってると思っていたの。ところが、どう、いまのわたしはそのまっただなかにいるじゃない！　わたしのこと、だれか本に書くべきよ、ほんとよ！　わたし、大きくなったら自分で書くわ」

その「だれか」がルイス・キャロルで、「本」が『不思議の国のアリス』であることは、いうまでもありません。

枠と中身が逆転する面白さ

このような「枠入り」物語（むずかしくいうと「メタフィクション」）ふうな構造は、いたるところにあります。アリスの立場からすると、事情は右の引用のようなことになり、最後にはアリスが自分の「冒険」全体をお姉さんに語って終りになりますが、作品はそれで終りません。アリスの「お話」を聞いたお姉さんがそれを夢見なおし、さらに将来のアリスが自分の子どもに物語をしているところを想像する、というもう一つの夢想が全体のしめくくりになっています。

「枠入り」といえば、もっと小さい単位でも、その変奏がいろいろ仕掛けられています。「帽子屋のように気がちがっている」とか「三月のウサギみたいに狂っている」といった成句から、「気ちがい帽子屋」や「三月ウサギ」というキャラクターが作られてしまう。ウミガメモドキスープからウミガメモドキが生れる。童謡の文句にもとづいてジャックが裁判にかけられる。これらはすべて「枠と中身の逆転のゲーム」といえるでしょう。

枠をとりはらった不思議

わたしたちのものの見かたや考えかたは定められた「枠」によって支配されています。わたしたちは「枠」の中にいるので、それを当然のことと思いこんでいます。しかしその「枠」をとりはらったらどうなるか。ものごとの基準はすべて相対的になってしまいます。

「十センチたらずの身長」では小さすぎるとこぼしたアリスは、青虫に「ばかな！　それこそまさしくぐあいのいい身長だ」とたしなめられます。アリスの「人間中心主義」は「青虫中心主義」によって相対化され、「大きい／小さい」を決めることができなくなってしまいます。アリスは地下の国で自分の「常識」がこのようにゆさぶられるのを何度でも経験しなければなりません。

おかしなおかしな言葉づかい

「常識」の「枠」を支えている大きな柱は言葉です。そして言葉を支えているのは、「意味」と「音」の結びつきについての約束事です。人間が言葉を正しく、つまり約束に従って、使わないと、常識（コモンセンス）は荒唐無稽（ナンセンス）へと解体してしまいます。そのような解体の連続がこの物語で、だからこれをナンセンス童話と呼んだりします。

アリスが歌や詩を暗唱しようとすると、まったく違う言葉が口から出てしまいます。これは、大げさにいえば、人間と言葉の関係の逆転、つまり言葉に対して人間が理性的抑制を失った、人間が言葉を使うのでなく言葉が勝手に動きだした、ということです。思えば、ウサギ穴を落ちていきながら、ネコ（cat）とコウモリ（bat）が勝手にいれかわったのが、アリスの「不思議な言葉の国」への導入の第一歩だったのでした。その国の住人たちは、アリスの身に起った言語的異変を不思議とも何とも思わず、その上をいくような奇妙な言葉づかいを平気で実践して、アリスを煙にまきます。

食うか食われるかの不安と恐怖

というわけで、この物語はとほうもなくおかしい言葉あそびに満ちています。これを読んで笑いころげないような人とはあまりつきあいたくないな、とさえ思います。そのとおりなのですが、しかし、とここで反問しないわけにはいきません、笑いころげるだけでいいのか。言葉たちは勝手に動いているだけなのか。言葉あそびを突き動かしている深い衝動のようなものはないのか。

早い話、catとbatのいれかわりのおかしさを一皮めくれば、一つの綴りの違いに「食うか食われるか」という重大問題がかかっていると感じられます。アリスの暗唱するヘンテコ童謡から浮び上ってくるのは「ワニがニコニコとサカナを食べている」図です。グリフォンが歌ってくれる二匹の動物の一見仲睦じい会食の光景は、実はヒョウがフクロウを最後に食い殺す行為で終ります。

この物語には「食べる」という行為がいたるところに現れますが、「食べる」は「食べられる」と表裏をなしています。「食うか食われるか」、つまり弱肉強食のモチーフが一貫して流れていることに、読者は気づかずにはいられないはずです。食う側の暴力と残酷さがグロテスクに描かれ、そしてそれ以上に食われる側の不安と恐怖の叫びが全篇に鳴りひびいています。ハツカネズミはイヌに対する一家の怨念を語り、鳥たちはイヌ・ネコの名前におびえ、ハトはヘビを恨み……。

暴力的な攻撃本能の極致は、「首をちょん切れ」とわめきちらしているハートの女王でしょう。トランプの兵士たちも、ジャックも、帽子屋も、女王の前ではガタガタふるえています。公爵夫人も、この強大な加害者に対しては一介の被害者にすぎません。女王をものともしないのはチェシャー・ネコぐらいでしょう。いつも貧乏くじを引いているトカゲのビルをはじめ、概していえば弱者のほうが多いですが、彼らも相対的には加害者でありえます。たとえばシロウサギは公爵夫人に対してはおびえていますが、召使いやビルに対しては威張っています。

「不思議の国」は単にナンセンスなレジャーランドではなく、権力への欲望と不安がみなぎっているカフカ的ともいえる世界でもあるのです。「くわばら、くわばら」とつぶやきながら出没するシロウサギのおどおどした姿は物語の不安な雰囲気を作っていますが、いちばん過激な例は大イヌ・フューリーの小ネズミ・チュー公に対するナチスを思わせる一方的裁判、およびジャックに対する理不尽な裁判でしょう。

物語＝権力への欲望をはぐらかす

もちろん、「深層」の衝動にこだわりすぎて「表層」のあそびを忘れてはなりません。「物語」への欲望は、ここではいつも成就されるよりは、はぐらかされ、宙吊りにされ、次の「物語」へ横すべりさせられます。帽子屋のナゾナゾや法廷で読みあげられる証言のように、答えのないナゾが随所に仕掛けてあり、「一貫性」を深追いすると、ウィリアム父っつぁんに蹴っとばされることになります。

「物語」への欲望は人間に共通なものです。それは、「一つの筋を複雑な世界に押しつけて意味・秩序・体系を作りあげるもの」として、「権力」への欲望と相似た点をもつかもしれません。「権力」への欲望もまた万人の共有するものです。その根強さは否定できないが、それにはまりこんだら危険なものです。だとすれば、「物語」への欲望に肩すかしを食わせることが「権力」への欲望に肩すかしを食わせることになる――これが徹底的に非政治的な作家ルイス・キャロルの「物語の政治学」だったような気がします。

アリスに贈られた奇妙な悪夢

話がややこしくなりましたが、肝腎なのは、二つのものの微妙なバランス、果てしない入れかわり、豊かな多義性、矛盾の共存であるにちがいありません。そのことを身をもって示しているのが、ほかでもないアリスではないでしょうか。

地下の国にいる淋しさと、地上の国への郷愁と、しかもそれでいてきまりきった日常的秩序にはない不条理のおもしろさ。身体的に保証されたアイデンティティあるいは言語に対する主体性を失う不安と、そういうものをなくしてフワフワ浮かんでいるスリル。屁理屈によっていじめられたり、あれこれ命令されたりすることへの反発と、しかしこのおかしな連中への否定できない愛着。「首をちょん切れ」とわめくハートの女王への恐怖と、「連中はみんなトランプのカードにほかならない」という自信……。このようなかずかずの矛盾を経験することは、アリスにとって楽しくも恐ろしい「通過儀礼」（文化人類学でいう、大人になるための試練の儀式）だったにちがいありません。

作者に即していえばどうなるか。笑いとして提示されていなかったら人を発狂させてしまいかねないような、奇妙な悪夢の世界――その中へキャロルは、愛する少女を突き落しました。そこで身体的に言語的にさんざん少女をなぶります。しかし最後にはそこから無事に帰ってこさせることによって、少女への愛の贈物を完成したのです。

……などと「教訓」を見つけたがるのは、公爵夫人の悪影響かもしれませんね。ハツカネズミの歴史のお話のように嫌われないうちに、チェシャー・ネコにあやかって、それとなく消え去れれば最高なのですが。

人さまざま、いくらでも多様な読みかたが許されるという点では、たぶん『ハムレット』や『ゴドーを待ちながら』に匹敵し、シェイクスピアと聖書に次いで引用されることの多いといわれる『アリス』です。以上の解説めいた駄文は一つの読みかたを例示したまでです。読者が楽しみながら考えるお役に立てばと、少し脚註に工夫してみました。が、もちろん無視して下さってもかまいません。めいめいが自己流の註をつけるのがいちばん理想的なのだと思います。

最後に、この改訳・詳註つき文庫版を新しく作るにあたっては、カマル社の桑原茂夫さんにずいぶんとやさしく叱咤され、残酷に激励されました。かつて『現代詩手帖別冊ルイス・キャロル』を作るときに苦労を分ちあった思い出をよみがえらせてくれた桑原さんに感謝します。アーサー・ラッカムの挿絵つきで最初に翻訳の機会を与えて下さり、このたび文庫版への転用をお認め下さった新書館にお礼申し上げます。

今回は、ごらんのとおり原作の初版（一八六五年）以来世界的におなじみのジョン・テニエルの挿絵を使いました。

訳　者

一九八八年八月

本書は一九八八年に刊行された河出文庫『不思議の国のアリス』（一九八五年に新書館より刊行された『不思議の国のアリス』を増補・再編集の上、文庫化）を改題・新装版として刊行したものです。

作品中、今日では差別的表現と思われる語句が一部ございますが、著者・訳者に差別的意図はないことと、作品が発表された当時の時代性を鑑み、定本通りとしました。

Lewis Carroll:
ALICE'S ADVENTURES IN WONDERLAND, 1865

不思議（ふしぎ）の国（くに）のアリス
ヴィジュアル・詳註（しょうちゅう）つき

一九八八年一〇月 四日 初版発行
二〇二二年 八 月一〇日 新装版初版印刷
二〇二二年 八 月二〇日 新装版初版発行

著 者 ルイス・キャロル
訳 者 高橋康也（たかはしやすなり）・高橋迪（たかはしみち）
発行者 小野寺優
発行所 株式会社河出書房新社
〒一五一-〇〇五一
東京都渋谷区千駄ヶ谷二-三二-二
電話〇三-三四〇四-八六一一（編集）
〇三-三四〇四-一二〇一（営業）
https://www.kawade.co.jp/

ロゴ・表紙デザイン 粟津潔
本文フォーマット 佐々木暁
印刷・製本 中央精版印刷株式会社

Printed in Japan ISBN978-4-309-46757-3

不思議の国のアリス　完全読本

桑原茂夫　41390-7

アリスの国への決定版ガイドブック！　シロウサギ、ジャバウォッキー、ハンプティダンプティ etc. アリスの世界をつくるすべてを楽しむための知識とエピソード満載の一冊。テニエルの挿絵50点収録。

アリス殺人事件

有栖川有栖／宮部みゆき／篠田真由美／柄刀一／山口雅也／北原尚彦　41455-3

「不思議の国のアリス」「鏡の国のアリス」をテーマに、現代ミステリーの名手６人が紡ぎだした、あの名探偵も活躍する事件の数々……！　アリスへの愛がたっぷりつまった、珠玉の謎解きをあなたに。

カチカチ山殺人事件

伴野朗／都筑道夫／戸川昌子／高木彬光／井沢元彦／佐野洋／斎藤栄　41790-5

カチカチ山、猿かに合戦、舌きり雀、かぐや姫……日本人なら誰もが知っている昔ばなしから生まれた傑作ミステリーアンソロジー。日本の昔ばなしの持つ「怖さ」をあぶり出す７篇を収録。

長靴をはいた猫

シャルル・ペロー　澁澤龍彦〔訳〕　片山健〔画〕46057-4

シャルル・ペローの有名な作品「赤頭巾ちゃん」「眠れる森の美女」「親指太郎」などを、しなやかな日本語に移しかえた童話集。残酷で異様なメルヘンの世界が、独得の語り口でよみがえる。

くるみ割り人形とねずみの王様

E・T・A・ホフマン　種村季弘〔訳〕　46145-8

チャイコフスキーのバレエで有名な「くるみ割り人形」の原作が、新しい訳でよみがえる。「見知らぬ子ども」「大晦日の冒険」をあわせて収録したホフマン幻想短篇集。冬の夜にメルヘンの贈り物を！

ハーメルンの笛吹きと完全犯罪

仁木悦子／角田喜久雄／石川喬司／鮎川哲也／赤川次郎／小泉喜美子／結城昌治 他　41789-9

白雪姫、ハーメルンの笛吹き、みにくいアヒルの子……誰もが知っている世界の童話や伝説から生まれた傑作ミステリーアンソロジー。昔ばなしが呼び覚ます残酷な罠！　８篇を収録。

サンタクロースの贈物

新保博久〔編〕　46748-1

クリスマスを舞台にした国内外のミステリー13篇を収めた傑作アンソロジー。ドイル、クリスティ、シムノン、E・クイーン……世界の名探偵を1冊で楽しめる最高のクリスマスプレゼント。

そばかすの少年

ジーン・ポーター　村岡花子〔訳〕　46407-7

片手のない、孤児の少年「そばかす」は、リンバロストの森で番人として働きはじめる。厳しくも美しい大自然の中で、人の愛情にはじめて触れ、少年は成長していく。少年小説の傑作。解説：竹宮恵子。

精霊たちの家　上

イサベル・アジェンデ　木村榮一〔訳〕　46447-3

予知能力を持つクラーラは、毒殺された姉ローサの死体解剖を目にしてから誰とも口をきかなくなる——精霊たちが飛び交う神話的世界を描きマルケス『百年の孤独』と並び称されるラテンアメリカ文学の傑作。

精霊たちの家　下

イサベル・アジェンデ　木村榮一〔訳〕　46448-0

精霊たちが見守る館で始まった女たちの神話的物語は、チリの血塗られた歴史へと至る。軍事クーデターで暗殺されたアジェンデ大統領の姪が、軍政下の迫害のもと描き上げた衝撃の傑作が、ついに文庫化。

リンバロストの乙女　上

ジーン・ポーター　村岡花子〔訳〕　46399-5

美しいリンバロストの森の端に住む、少女エレノア。冷徹な母親に阻まれながらも進学を決めたエレノアは、蛾を採取して学費を稼ぐ。翻訳者・村岡花子が「アン」シリーズの次に最も愛していた永遠の名著。

リンバロストの乙女　下

ジーン・ポーター　村岡花子〔訳〕　46400-8

優秀な成績で高等学校を卒業し、美しく成長したエルノラは、ある日、リンバロストの森で出会った青年と恋に落ちる。だが、彼にはすでに許嫁がいた……。村岡花子の名訳復刊。解説＝梨木香歩。

ギフト　西のはての年代記Ⅰ

ル＝グウィン　谷垣暁美〔訳〕　46350-6

ル＝グウィンが描く、〈ゲド戦記〉以来のＹＡファンタジーシリーズ第一作！　〈ギフト〉と呼ばれる不思議な能力を受け継いだ少年オレックは、強すぎる力を持つ恐るべき者として父親に目を封印される――。

ヴォイス　西のはての年代記Ⅱ

ル＝グウィン　谷垣暁美〔訳〕　46353-7

〈西のはて〉を舞台にした、ル＝グウィンのファンタジーシリーズ第二作！　文字を邪悪なものとする禁書の地で、少女メマーは一族の館に本が隠されていることを知り、当主からひそかに教育を受ける――。

パワー　上　西のはての年代記Ⅲ

ル＝グウィン　谷垣暁美〔訳〕　46354-4

〈西のはて〉を舞台にしたファンタジーシリーズ第三作！　少年奴隷ガヴィアには、たぐいまれな記憶力と、不思議な幻を見る力が備わっていた――。ル＝グウィンがたどり着いた物語の極致。ネビュラ賞受賞。

パワー　下　西のはての年代記Ⅲ

ル＝グウィン　谷垣暁美〔訳〕　46355-1

〈西のはて〉を舞台にした、ル＝グウィンのファンタジーシリーズ、ついに完結！　旅で出会った人々に助けられ、少年ガヴィアは自分のふたつの力を見つめ直してゆく――。ネビュラ賞受賞。

ラウィーニア

アーシュラ・Ｋ・ル＝グウィン　谷垣暁美〔訳〕　46722-1

トロイア滅亡後の英雄の遍歴を描く『アエネーイス』に想を得て、英雄の妻を主人公にローマ建国の伝説を語り直した壮大な愛の物語。『ゲド戦記』著者が古代に生きる女性を生き生きと描く晩年の傑作長篇。

イギリス怪談集

由良君美〔編〕　46491-6

居住者が次々と死ぬ家、宿泊者が連続して身投げする蒸気船の客室、幽霊屋敷で見つかった化物の正体とは――。怪談の本場イギリスから傑作だけを選んだアンソロジーが新装版として復刊！

アメリカ怪談集

荒俣宏〔編〕　46702-3

ホーソーン、ラヴクラフト、ルイス、ポオ、ブラッドベリ、など、開拓と都市の暗黒からうまれた妖しい魅力にあふれたアメリカ文学のエッセンスを荒俣宏がセレクトした究極の怪異譚集、待望の復刊。

ドイツ怪談集

種村季弘〔編〕　46713-9

窓辺に美女が立つ廃屋の秘密、死んだはずの男が歩き回る村、知らない男が写りこんだ家族写真、死の気配に覆われた宿屋……黒死病の記憶のいまだ失せぬドイツで紡がれた、暗黒と幻想の傑作怪談集。新装版。

ラテンアメリカ怪談集

ホルヘ・ルイス・ボルヘス他　鼓直〔編〕　46452-7

巨匠ボルヘスをはじめ、コルタサル、パスなど、錚々たる作家たちが贈る恐ろしい15の短篇小説集。ラテンアメリカ特有の「幻想小説」を底流に、怪奇、魔術、宗教など強烈な個性が色濃く滲む作品集。

フランス怪談集

日影丈吉〔編〕　46715-3

奇妙な風習のある村、不気味なヴィーナス像、死霊に憑かれた僧侶、ミイラを作る女たち……。フランスを代表する短編の名手たちの、怪奇とサスペンスに満ちた怪談を集めた、傑作豪華アンソロジー。

ロシア怪談集

沼野充義〔編〕　46701-6

急死した若い娘の祈禱を命じられた神学生。夜の教会に閉じ込められた彼の前で、死人が棺から立ち上がり……ゴーゴリ「ヴィイ」ほか、ドストエフスキー、チェーホフ、ナボコフら文豪たちが描く極限の恐怖。

東欧怪談集

沼野充義〔編〕　46724-5

西方的形式と東方的混沌の間に生まれた、未体験の怪奇幻想の世界へようこそ。チェコ、ハンガリー、マケドニア、ルーマニア……の各国の怪作を、原語から直訳。極上の文庫オリジナル・アンソロジー！

中国怪談集

中野美代子／武田雅哉〔編〕　46492-3

人肉食、ゾンビ、神童が書いた宇宙図鑑、中華マジックリアリズムの代表作、中国共産党の機関誌記事、そして『阿Q正伝』。怪談の概念を超越した、他に類を見ない圧倒的な奇書が遂に復刊！

歩道橋の魔術師

呉明益　天野健太郎〔訳〕　46742-9

1979年、台北。中華商場の魔術師に魅せられた子どもたち。現実と幻想、過去と未来が溶けあう、どこか懐かしい極上の物語。現代台湾を代表する作家の連作短篇。単行本未収録短篇を併録。

突囲表演

残雪　近藤直子〔訳〕　46721-4

若き絶世の美女であり皺だらけの老婆、煎り豆屋であり国家諜報員——X女史が五香街（ウーシャンチェ）をとりまく熱愛と殺意の包囲を突破する！世界文学の異端にして中国を代表する作家が紡ぐ想像力の極北。

居心地の悪い部屋

岸本佐知子〔編訳〕　46415-2

翻訳家の岸本佐知子が、「二度と元の世界には帰れないような気がする」短篇を精選。エヴンソン、カヴァンのほか、オーツ、カルファス、ヴクサヴィッチなど、奇妙で不条理で心に残る十二篇。

見えない都市

イタロ・カルヴィーノ　米川良夫〔訳〕　46229-5

現代イタリア文学を代表し世界的に注目され続けている著者の名作。マルコ・ポーロがフビライ汗の寵臣となって、様々な空想都市（巨大都市、無形都市など）の奇妙で不思議な報告を描く幻想小説の極致。

チリの地震　クライスト短篇集

H・V・クライスト　種村季弘〔訳〕　46358-2

十七世紀、チリの大地震が引き裂かれたまま死にゆこうとしていた若い男女の運命を変えた。息をつかせぬ衝撃的な名作集。カフカが愛しドゥルーズが影響をうけた夭折の作家、復活。佐々木中氏、推薦。

類推の山

ルネ・ドーマル　巖谷國士〔訳〕　46156-4

これまで知られたどの山よりもはるかに高く、光の過剰ゆえに不可視のまま世界の中心にそびえている時空の原点——類推の山。真の精神の旅を、新しい希望とともに描き出したシュルレアリスム小説の傑作。

裸のランチ

ウィリアム・バロウズ　鮎川信夫〔訳〕　46231-8

クローネンバーグが映画化したＷ・バロウズの代表作にして、ケルアックやギンズバーグなどビートニク文学の中でも最高峰作品。麻薬中毒の幻覚や混乱した超現実的イメージが全く前衛的な世界へ誘う。

幻獣辞典

ホルヘ・ルイス・ボルヘス　柳瀬尚紀〔訳〕　46408-4

セイレーン、八岐大蛇、一角獣、古今東西の竜といった想像上の生き物や、カフカ、Ｃ・Ｓ・ルイス、スウェーデンボリーらの著作に登場する不思議な存在をめぐる博覧強記のエッセイ一二〇篇。

ボルヘス怪奇譚集

ホルヘ・ルイス・ボルヘス　アドルフォ・ビオイ＝カサーレス　柳瀬尚紀〔訳〕　46469-5

「物語の精髄は本書の小品のうちにある」（ボルヘス）。古代ローマ、インド、中国の故事、千夜一夜物語、カフカ、ポオなど古今東西の書物から選びぬかれた九十二の短くて途方もない話。

夢の本

ホルヘ・ルイス・ボルヘス　堀内研二〔訳〕　46485-5

神の訪れ、王の夢、死の宣告……。『ギルガメシュ叙事詩』『聖書』『千夜一夜物語』『紅楼夢』から、ニーチェ、カフカなど。無限、鏡、虎、迷宮といったモチーフも楽しい百十三篇の夢のアンソロジー。

大洪水

J・M・G・ル・クレジオ　望月芳郎〔訳〕　46315-5

生の中に遍在する死を逃れて錯乱と狂気のうちに太陽で眼を焼くに至る青年ベッソン（プロヴァンス語で双子の意）の十三日間の物語。二〇〇八年ノーベル文学賞を受賞した作家の長篇第一作、待望の文庫化。

どんがらがん

アヴラム・デイヴィッドスン　殊能将之〔編〕　46394-0

才気と博覧強記の異色作家デイヴィッドスンを、才気と博覧強記のミステリ作家殊能将之が編んだ奇跡の一冊。ヒューゴー賞、エドガー賞、世界幻想文学大賞、ＥＱＭＭ短編コンテスト最優秀賞受賞！　全十六篇

黄色い雨

フリオ・リャマサーレス　木村榮一〔訳〕　46435-0

沈黙が砂のように私を埋めつくすだろう——スペイン山奥の廃村で朽ちゆく男を描く、圧倒的死の予感に満ちた表題作に加え、傑作短篇「遮断機のない踏切」「不滅の小説」の二篇を収録。

血みどろ臓物ハイスクール

キャシー・アッカー　渡辺佐智江〔訳〕　46484-8

少女ジェイニーの性をめぐる彷徨譚。詩、日記、戯曲、イラストなど多様な文体を駆使して紡ぎだされる重層的物語は、やがて神話的世界へ広がっていく。最終３章の配列を正した決定版！

島とクジラと女をめぐる断片

アントニオ・タブッキ　須賀敦子〔訳〕　46467-1

居酒屋の歌い手がある美しい女性の記憶を語る「ピム港の女」のほか、クジラと捕鯨手の関係や歴史的考察、ユーモラスなスケッチなど、夢とうつつの間を漂う〈島々〉の物語。

白の闇

ジョゼ・サラマーゴ　雨沢泰〔訳〕　46711-5

突然の失明が巻き起こす未曾有の事態。「ミルク色の海」が感染し、善意と悪意の狭間で人間の価値が試される。ノーベル賞作家が「真に恐ろしい暴力的な状況」に挑み、世界を震撼させた傑作。

青い脂

ウラジーミル・ソローキン　望月哲男／松下隆志〔訳〕　46424-4

七体の文学クローンが生みだす謎の物質「青脂」。母なる大地と交合するカルト教団が一九五四年のモスクワにこれを送りこみ、スターリン、ヒトラー、フルシチョフらの大争奪戦が始まる。

プラットフォーム

ミシェル・ウエルベック　中村佳子〔訳〕　46414-5

「なぜ人生に熱くなれないのだろう？」――圧倒的な虚無を抱えた「僕」は父の死をきっかけに参加したツアー旅行でヴァレリーに出会う。高度資本主義下の愛と絶望をスキャンダラスに描く名作が遂に文庫化。

パタゴニア

ブルース・チャトウィン　芹沢真理子〔訳〕　46451-0

黄金の都市、マゼランが見た巨人、アメリカ人の強盗団、世界各地からの移住者たち……。幼い頃に魅せられた一片の毛皮の記憶をもとに綴られる見果てぬ夢の物語。紀行文学の新たな古典。

コン・ティキ号探検記

トール・ヘイエルダール　水口志計夫〔訳〕　46385-8

古代ペルーの筏を複製して五人の仲間と太平洋を横断し、人類学上の仮説を自ら立証した大冒険記。奇抜な着想と貴重な体験、ユーモラスな筆致で世界的な大ベストセラーとなった名著。

ロード・ジム

ジョゼフ・コンラッド　柴田元幸〔訳〕　46728-3

東洋の港で船長番として働く男を暗い過去が追う。流れ着いたスマトラで指導者として崇められるジムは何を見るのか。『闇の奥』のコンラッドが人間の尊厳を描いた海洋冒険小説の最高傑作。

ロビンソン・クルーソー

デフォー　武田将明〔訳〕　46362-9

二十七歳の時に南米の無人島に漂着した主人公が、自己との対話を重ねながら、工夫をこらして農耕や牧畜を営んでいく。近代的人間の原型として、多様なジャンルに影響を与えた古典的名作を読みやすい新訳で。

失われた地平線

ジェイムズ・ヒルトン　池央耿〔訳〕　46708-5

正体不明の男に乗っ取られた飛行機は、ヒマラヤ山脈のさらに奥地に不時着する。辿り着いた先には不老不死の楽園があったのだが――。世界中で読み継がれる冒険小説の名作が、美しい訳文で待望の復刊！

塵よりよみがえり

レイ・ブラッドベリ　中村融〔訳〕　46257-8

魔力をもつ一族の集会が、いまはじまる！　ファンタジーの巨匠が五十五年の歳月を費やして紡ぎつづけ、特別な思いを込めて完成した伝説の作品。奇妙で美しくて涙する、とても大切な物語。

とうに夜半を過ぎて

レイ・ブラッドベリ　小笠原豊樹〔訳〕　46352-0

海ぞいの断崖の木にぶらさがり揺れていた少女の死体を乗せて闇の中を走る救急車が遭遇する不思議な恐怖を描く表題作ほか、ＳＦの詩人が贈るとっておきの二十二篇。これぞブラッドベリの真骨頂！

海を失った男

シオドア・スタージョン　若島正〔編〕　46302-5

めくるめく発想と異様な感動に満ちたスタージョン傑作選。圧倒的名作の表題作、少女の手に魅入られた青年の異形の愛を描いた「ビアンカの手」他、全八篇。スタージョン再評価の先鞭をつけた記念碑的名著。

輝く断片

シオドア・スタージョン　大森望〔編〕　46344-5

雨降る夜に瀕死の女をひろった男。友達もいない孤独な男は決意する——切ない感動に満ちた名作八篇を収録した、異色ミステリ傑作選。第三十六回星雲賞海外短編部門受賞「ニュースの時間です」収録。

ハローサマー、グッドバイ

マイクル・コーニイ　山岸真〔訳〕　46308-7

戦争の影が次第に深まるなか、港町の少女ブラウンアイズと再会を果たす。ぼくはこの少女を一生忘れない。惑星をゆるがす時が来ようとも……少年のひと夏を描いた、ＳＦ恋愛小説の最高峰。待望の完全新訳版。

たんぽぽ娘

ロバート・F・ヤング　伊藤典夫〔編〕　46405-3

未来から来たという女のたんぽぽ色の髪が風に舞う。「おとといは兎を見たわ、きのうは鹿、今日はあなた」……甘く美しい永遠の名作「たんぽぽ娘」を伊藤典夫の名訳で収録するヤング傑作選。全十三篇収録。